UN HÉROS

Née en 1968 à Paris, Félicité Herzog est diplômée de l'Institut d'études politiques de Paris et de l'Institut européen d'administration des affaires (INSEAD). En 1993, elle part travailler aux États-Unis et en Angleterre et revient en France en 2001. *Un héros* est son premier roman.

FÉLICITÉ HERZOG

Un héros

ROMAN

Préface inédite de Caroline Eliacheff

Postface inédite de l'auteure

GRASSET

ISBN : 978-2-253-17480-6 – 1re publication LGF

PRÉFACE

Ceux qui liront *Un héros* après la mort de Maurice Herzog (le 13 décembre 2012) ne le dévoreront pas de la même façon que ceux qui l'ont découvert quelques mois plus tôt, du vivant du père de Félicité Herzog. Je fais partie de ceux qui pensent qu'on n'a pas à juger de l'opportunité d'attendre la mort de ses parents pour mettre quelques pendules à l'heure. On le fait tout simplement quand c'est le moment. Pour Félicité Herzog, c'est du vivant de ses deux parents qu'il est devenu impératif de publier son livre et de le dédier à sa mère. Il n'est pas sûr qu'elle sache exactement pourquoi. Il n'empêche que le lecteur, si éloigné soit-il du monde de l'auteur, ne peut s'empêcher de s'identifier aux protagonistes (n'est-ce pas le plaisir du roman ?). S'il s'identifie aux parents, il se demandera s'il est supportable d'être démystifié par ses enfants et, s'il s'identifie à l'auteur, il lui reconnaîtra le courage d'avoir affronté ses parents de leur vivant, surtout s'il ne l'a pas eu lui-même.

C'est dès la première phrase qu'on sait que le *Héros* n'est pas le père. Car pour être un héros aux yeux de sa fille, il eût fallu qu'il possédât des qualités qu'il n'avait pas ; il n'était dépourvu ni de charme, ni de séduction, ni de notoriété. Mais quand un homme n'est pas celui qu'il prétend être, seul un enfant peut penser que le roi est nu. Quant à exprimer sa déception, encore faut-il être sûr de pouvoir la partager pour ne pas être encore plus seul.

Alors qu'il n'est question que de déséquilibres, c'est le mot « équilibre » qui définit au mieux ce roman familial. Il vient de ce que Félicité Herzog accorde une égale importance à son père, à sa mère Marie-Pierre de Cossé-Brissac, à ses grands-parents maternels, à son frère Laurent et à elle-même. Normal pour le roman d'une éducation aussi riche matériellement et culturellement qu'abandonnique affectivement.

L'équilibre vient aussi d'une égalité de ton – et de style –, que l'auteur décrive le passé trouble de ses illustres grands-parents maternels pendant la guerre, la scène qui aurait pu se passer le 3 juin 1950 dans l'Himalaya entre l'alpiniste Louis Lachenal et Maurice Herzog, le mariage fastueux et improbable de ses parents, les vacances dans les châteaux familiaux, le monde de la finance à New York dans les années 1990 ou le délire paranoïaque de son frère. Égalité de ton ne signifie ni froideur, ni distance : plutôt un don d'observation qui vient de l'enfance et un don d'interprétation qui vient de la maturité car Félicité Herzog n'a pas, ou n'a plus, de compte à régler : juste à adopter la solution la plus humaine, la parole, la parole vraie, celle qui traduit un accord entre ce qu'on dit et ce qu'on ressent. Pas de pathos, pas d'apitoiement, pas d'idéalisation, pas de jugement, juste l'accent de vérité. La vérité des faits mais aussi de l'époque, la sienne, celle de ses parents et de ses grands-parents. La petite histoire dans la grande et le sens qu'elle prend pour Félicité Herzog qui n'hésite pas à en dévoiler les plus sombres aspects.

Le plus compliqué pour Félicité Herzog n'est pas de n'avoir jamais pu admirer l'homme de légende qu'était son père, ni d'avoir une mère totalement atypique, « faite – écrit-elle – pour enseigner Kant mais pas pour élever des enfants ». Percer à jour ses parents sans rancœur est une façon de les honorer, de s'en dégager sans les renier, de les comprendre sans forcément leur pardonner. Le plus compliqué, disais-je, a été de remplir le rôle auquel elle s'est crue assignée : conçue et « vouée à protéger son frère et assurer, le cas échéant, le rôle de doublure ». Peut-être est-il encore plus compliqué de sauver sa peau en ne remplissant pas ce rôle jusqu'au bout. Son frère, lui, s'est cru assigné à être le digne fils du héros de l'Annapurna, le digne petit-fils du duc de Brissac et le digne arrière-petit-fils d'Eugène Schneider. Il y a perdu la raison puis la vie dans un déni stupéfiant d'une maladie psychique envahissante. Mais, sans lui, ce livre n'aurait pas existé car c'est évidemment lui, le héros… et la victime.

On ne dira plus à Félicité Herzog « tu as bien de la chance d'avoir un père comme lui ». En revanche, Maurice Herzog aurait pu dire qu'il a bien de la chance d'avoir une fille comme elle.

Caroline ELIACHEFF
mai 2013

À ma mère.

Sans mon ordre on porte ici ses pas ?
Quel mortel insolent vient chercher le trépas ?

RACINE, *Esther*, acte II, scène 7.

1

Toute ma vie, j'ai été dépossédée de mon père par les femmes. Le processus commença par les filles au pair, un lent manège d'Anglaises et d'Autrichiennes, qui apparaissaient puis disparaissaient sans explications. Lorsqu'il était à la maison, événement formidable, il passait le plus clair de son temps à étudier leur ballet avec une attention soutenue puis à répondre à leurs doléances jusqu'à la saison des soupirs, puis à celle des pleurs dont j'aurais pu calculer les cycles avec autant de précision que pour le calendrier lunaire. La hiérarchie de ses désirs nous était parfaitement connue. C'était peut-être inévitable de la part d'un père aventurier qui ne connaissait aucune frontière, mû par une volonté de transgression permanente. Il fallait s'y résoudre.

On m'envoya très jeune en Allemagne, en Angleterre et aux États-Unis pour y parfaire ma maîtrise des langues étrangères. Mon père était le seul à disposer d'un puissant réseau de relations susceptibles de m'y accueillir. Le scénario était toujours le même. Une femme à la féminité exacerbée, une adepte du Big

Hair, le visage imperceptiblement marqué par le passage du temps et les yeux voilés par un je-ne-sais-quoi nostalgique, m'attendait à l'aéroport ou sur le quai de la gare. Elle parlait en général un français élégant mais désuet avec un accent délicieux, fruité ou légèrement caverneux, qui excluait toute tentative de perfectionnement linguistique. Dans sa chambre, quelques rayonnages abritaient de vieux livres parfumés, de Zola à Sartre, en passant par Yourcenar, héritage de ses études de français à la Sorbonne ou de ses travaux d'interprétariat à Paris, dont la découverte achevait de rendre le séjour inutile, au moins dans sa vocation première. Enfin, le troisième jour, alors qu'elle assistait à mon repas et que je me régalais de ses *Kaiserschmaren* ou de ses *mince pies*, quelque chose dans l'air qui ressemblait à un ciel au bord de l'orage interrompait ce festin. Levant la tête, les doigts pleins de marmelade, je voyais ses grands yeux soulignés de khôl, battus par d'interminables cils gainés de mascara – un ultime message à l'adresse de celui qui avait tant aimé ses « yeux de biche » – se remplir de larmes. Après une vaine tentative de dissimulation qui était tout à son honneur, elle me prenait la main que j'avais juste eu le temps de nettoyer et finissait par livrer une confidence rendue inintelligible par les pleurs, déformée par les intonations écossaises ou par l'accent de la Forêt-Noire, s'effondrant brusquement : « Et quand je pense que tu pourrais être ma fille ! »

Une longue série de vestales courroucées, instrumentalisées par lui avec art, se consacraient à la perpétuation de sa légende en élaborant livres, interviews, traductions et improbables projets de scénarios. Il les recevait à la maison à Paris pour un thé ou un verre, les invitait à des dîners organisés par ma mère, ou dans la maison que celle-ci lui avait achetée à Chamonix, sans la moindre vergogne pour l'affront que ceci représentait à l'égard de celle qui partageait sa vie ou pour l'embarras de celle qui passait par son lit. Je ne savais pas si c'était le signe d'une réelle inconscience du mal ou celui d'une grande perversité mais je devinais que l'éclat de son sourire légendaire cachait des reflets plus sombres et qu'il n'était pas l'homme qu'il prétendait. Quand je me trouvais être là, il me présentait avec le plus grand naturel à ses amies, surprises et gênées, jouissant à l'évidence de leur réaction oscillant entre honte et naturel forcé. Mais pour un temps au moins, elles continuaient à monter la garde auprès de ce Moloch de l'Himalaya, se livrant à lui en pâture, lui ouvrant leur carnet d'adresses, réécrivant ses articles, corrigeant ses synopsis, menant ses campagnes électorales, l'assistant dans toutes ses transactions, négociant ses contrats et consacrant leur talent aux manifestations célébrant sa gloire pour être, tôt ou tard, supplantées par une nouvelle adoratrice pleine d'énergie, touchée également par la grâce d'un homme si valeureux. Lorsqu'elles avaient perdu toutes leurs illusions et leur fierté, elles venaient me trouver afin de me raconter ses félonies, ses lâchetés dont j'écoutais la séquence prévisible avec résignation et ennui.

Peut-être les blessures, les épreuves physiques, la renommée mondiale de son exploit, les très nombreuses marques de reconnaissance dont il jouit au cours de son existence le rendaient-ils impropre au rôle de père. Il avait été fier de nous voir naître, avait compté nos doigts de pied et de main avec soulagement dans la salle d'accouchement, persuadé de n'être capable d'engendrer que des enfants difformes. Par la suite, il constaterait notre état lorsqu'il serait mis en situation de nous voir. Mais un désir inextinguible de sublimation à travers le regard des autres – sans compter son donjuanisme compulsif – submergeait les autres aspects de l'existence, amitiés, vie intellectuelle, liens familiaux ou simples rapports à autrui, et compromettait tout échange.

Après la séparation de fait de mes parents, on se voyait occasionnellement lors des fêtes et des vacances. Son emploi du temps ne s'accordait que rarement avec le calendrier scolaire. Son engagement politique, ses nouveaux enfants, sa vie mondaine, les fréquents voyages à l'étranger et son intense vie adultérine concouraient à son éloignement. Ma relation avec lui s'apparentait donc à un jeu de pistes. Une carte postale m'accueillait parfois sur la table quand je rentrais de l'école, indice de l'existence de ce père insaisissable qui s'était déjà envolé vers une autre destination. Toujours le même script : « Ma petite Félicité, je suis à Séoul où je vends des métros. J'espère que tu es sage et que tu travailles bien. Ton Papa qui t'embrasse. » Nos échanges tenaient, pour l'essentiel, en ces cartons de dix centimètres sur quinze.

À ma surprise, il se signalait parfois et décidait, après d'amers échanges téléphoniques avec ma mère, de m'emmener déjeuner Chez Edgar, le restaurant le plus fréquenté de la classe politique à l'époque, ou chez Lapérouse, où nul enfant n'allait. Un véhicule bleu marine venait me chercher, invariablement avec vingt-cinq minutes de retard que je passais à guetter sur le trottoir. Un lourd rideau corrupteur habillait de discrétion des salles meublées de conciliabules et de maîtres d'hôtel empressés. On entrait dans la salle, instantanément encerclés par une matrone et des serveuses qu'il semblait connaître intimement, au minimum par leur prénom et par leur parcours. Des hommes attablés le hélaient chaleureusement de part et d'autre. Magnifique, il avait l'air conquérant mais apaisé de ceux qui sont revenus de tout : « Maurice » était couvert de gloire. Désorientée, intimidée, j'avais une coupe de cheveux qui me faisait ressembler à un jeune moine maigrichon, le visage déformé par une paire de lunettes d'astigmate. Je portais malgré moi sur mon père le regard d'un vieillard-enfant. « Voilà ma nouvelle petite amie ! » me présentait-il à ses ouailles en riant. Brusquement, une chaleur affluait dans ma poitrine, envahissait mes joues jusqu'à l'extrême pointe de mes oreilles. Ma tête bourdonnait d'incompréhension devant ce trouble inexplicable, absolument incontrôlable. Je cherchais vainement à articuler qu'il n'en était rien. Les mots ne venaient pas devant une situation si équivoque. Puis, le déjeuner passait à écouter religieusement ses prouesses dans le monde politique et dans celui des affaires. Au moment de servir le dessert, une des dames m'offrait un paquet de sucettes Pierrot Gourmand qui me délivrait de ce terrible déjeuner d'adultes, me rendant enfin à mon enfance.

Le reste de l'année, je ressentais un certain orgueil à me passer de l'attention de mon père illustre, comme on peut se mettre au défi de vivre sur une île déserte. Son comportement et ce que l'on m'en disait, tantes gênées, mère défaite, regards ironiques et silences complices, me démontraient que l'on ne pouvait pas avoir une relation de confiance avec un homme de cet acabit. J'avais donc fini par le rayer de ma carte.

Peu avant qu'elle ne soit cédée, mon père nous avait rendu une dernière visite dans notre maison blanche qui détonnait dans l'urbanisme haussmannien, une maison longiligne sur deux niveaux située rue Jean-Richepin, qu'il avait abandonnée depuis des années et que ma mère s'était résignée à mettre en vente afin de cesser l'ultime illusion maritale. Une sensation d'égarement et de délitement régnait dans nos murs, les gens travaillant dans la maison avaient demandé leur solde de tout compte et certains avaient déjà pris congé, la fille au pair – cette fois allemande – avait fait l'objet d'un rapatriement sanitaire par ses parents, des déménageurs se présentaient chaque jour afin de prendre tel meuble ou tel objet, une fiche à la main pour toute explication, ma mère apparaissait avec hauteur et absence sur le palier de l'escalier. Ce qui constituait le mince maillage de nos vies se défaisait subrepticement. Le rideau tombait sur une comédie amère dont mon frère aîné, Laurent, et moi-même étions les créatures uniques et les spectateurs involontaires.

Je regardais notre visiteur qui, à présent assis dans un fauteuil à contre-jour dans le salon du rez-de-chaussée, nous parlait. Ou plus exactement parlait seul devant l'absence de nos propos. Les voilages gris absorbaient la lumière de la rue, coupée par la hauteur de la poste dont le bâtiment moderne, érigé rue de la Pompe quelques années auparavant, avait dénaturé le carrefour villageois et porté fatalement une ombre sur notre maison.

Les cheveux poivrés, la mèche peignée, le teint hâlé, la lèvre supérieure surlignée d'une fine moustache, mon père, à cinquante-cinq ans, ceinturé d'un costume trois pièces et d'une chemise Charvet, incarnait pour nous un être fabuleux. Des yeux de velours, émerveillés par son ascension surhumaine, nimbée de sacrifice. Il avait connu la gloire, toutes les gloires. Au fil de ses succès politiques et mondains, il avait conquis une aisance étourdissante en société et alternait un paternalisme, une verve et des railleries devant lesquelles nous nous tenions cois. J'ai perdu le souvenir des propos. Mais était-ce la musique d'entre ses mots, le jeu de ses mains, belles, brunes et mutilées, tapotant impatiemment le coude du fauteuil d'un de ses doigts, reprisé comme un bas de laine par les chirurgiens à son retour de l'Annapurna, sa silhouette se levant rapidement pour vérifier la présence d'un livre ancien dans la bibliothèque, tendue vers l'avant, perchée sur les talons qui lui restaient grâce aux chaussures compensées qui lui étaient faites sur mesure ? Ce talent de feindre ne pouvait appartenir qu'aux grands acteurs, ceux qui savent se présenter sous le jour le plus flatteur, régler d'avance l'angle de leur profil, moduler le timbre de leur voix selon l'émotion, livrer une version des faits toujours favorable, capter de manière habile la conversation. Quelque chose en lui n'était pas vrai. Je l'écoutais attentivement, absorbée par son charme, ses fluides, et la constatation me vint simplement à l'esprit qu'il mentait.

2

Les séjours chez Pierre et May ponctuaient la vie suspendue de leur fille, qui avait vu son mari partir pour une autre. « Les Parents », comme ma mère les désignait toujours, nous recueillaient, été comme hiver, tombés d'un nid disséminé au vent d'une triste tempête. Ils nous invitaient à passer les week-ends au château de La Celle-les-Bordes situé à quelques kilomètres de Rambouillet, leur résidence d'hiver, et les grandes vacances au château d'Apremont, dans le Cher, devenu leur résidence d'été. Ils étaient nos « grands » parents, tutélaires et miséricordieux.

Nous accédions alors au village de La Celle-les-Bordes par une route en devers qui surplombait le cimetière, s'enroulait autour de la cour de l'école et nous laissait devant le portail du château avec des provisions en pagaille et des cartables bondés. Chaque fois, je pensais que la voiture glisserait et que les lois de la gravité nous précipiteraient dans l'écrin de croix et de tombes ombragé par de grands acacias.

La semaine, nous étions devenus, par la vertu d'un des tout premiers divorces par consentement mutuel – en réalité si acrimonieux que même de féroces joutes judiciaires n'auraient suffi à éliminer le ressentiment de part et d'autre –, une famille dite monoparentale. Ma mère m'avait d'abord exposé son intention avec le même souci pédagogique qu'elle employait lorsqu'elle donnait un cours à ses étudiantes. D'un ton sec, comme s'il s'était agi d'une leçon de philosophie bergsonienne, j'étais informée de la nomenclature des divorces. Mon attention était attirée sur le fait qu'elle et mon père avaient choisi d'un commun accord une avocate féministe connue – enfin une femme qui s'était imposée dans un milieu d'hommes – et que notre sort allait être réglé par une avancée de la législation française en 1975. En somme, il fallait se réjouir de vivre une expérience si moderne. En être même un peu fiers.

Dans mon esprit de sept ans, les sonorités des mots « amiable » et « aimable » se confondaient agréablement. Je me figurais donc mon père et ma mère, un sourire heureux aux lèvres comme au jour de leur mariage, rendant les armes devant une représentante de l'Ordre public, une déesse pleine d'autorité qui prononcerait leur rupture et mettrait fin à leur désastreuse expérience de quatorze années de vie conjugale. Le mariage n'était qu'un subtil contrat de vie à durée déterminée.

Nous étions au beau milieu de l'ère giscardienne. Une tonalité nouvelle ouvrait des perspectives décomplexées aux vies privées. On votait à dix-huit ans, on était féministe mais pas marginale comme Françoise Giroud, des débats publics faisaient rage sur l'avortement, l'information ne subissait plus le joug de l'ORTF. Ma mère avait mené les travaux de l'Unesco lors de l'année de la Femme, qui devait révolutionner le mode de vie et de pensée du Deuxième Sexe. Une allégresse revendicative la transportait car elle avait découvert un sens politique à son existence, voyageant sans cesse dans le monde à la découverte de ses sœurs de lutte. La Femme entrait enfin dans l'Histoire. Elle pouvait enfin ouvrir un compte en banque sans l'autorisation de son mari et gagner autant que l'Homme pour son labeur. Les usines du Creusot n'avaient-elles pas salué d'un coup de canon la naissance de son frère cadet en 1927 sans l'avoir fait pour ma mère, son aînée de deux ans mais une simple fille ? Ce temps-là était révolu. On allait entendre tonner ! Sa foi dans ce monde nouveau, où les femmes passaient de la condition de victimes historiques à la condition triomphale d'êtres libres, maîtrisant leur destinée, était euphorisante. Émerveillée, je l'écoutais pendant des heures décrire mon avenir de femme, transformé par les changements révolutionnaires qui ne manqueraient pas de se produire dans les rapports entre les genres.

Le débat social et économique prenait de l'ampleur auprès de l'opinion et, reposant sur des outils statistiques et un vocable inédit – stagflation, demandeurs d'emploi et immigration –, dessinait le visage en transition de la France. La société à laquelle mon père et ma mère avaient assisté aux premières loges gouvernementales, sociales et industrielles, changeait sous le double effet de la révolte libertaire de Mai 1968 et du choc pétrolier. Ce qu'ils étaient vraiment l'un et l'autre, l'un pour l'autre, leurs désirs intérieurs, leurs personnalités libres, indépendantes, forgées par le fracas du dernier conflit mondial, pouvait finalement voir le jour.

J'étais dans la salle de bains de notre appartement dans l'aile gauche du château d'hiver. Le feuillage du marronnier dans la cour obscurcissait la pièce malgré le soleil printanier. Une peinture vert bouteille s'écaillait sur le haut des murs. Mon corps était maintenant savonné et je suivais la valse du savon dans l'eau brouillée devenue tiède. Les nurses, les filles au pair, des parentes, les amies de ma mère, les interprètes de voyages officiels, toutes défilaient plus ou moins furtivement dans la vie paternelle selon des modalités qui ne m'étaient pas compréhensibles. Je n'étais pas dupe sur le principe de ces rapprochements. Mais je n'étais qu'un petit garçon manqué que la familiarité libidineuse de mon père confortait dans son choix de comportement. Je me lançais dans toute activité sportive avec vigueur et abhorrais les coquetteries de petite fille.

Je ne craignais qu'une seule chose : attirer son attention. À la moindre tentative, heureusement rare, je m'évadais de ses bras, ne supportant pas de me tenir sur ses genoux, je détournais mes joues. Sa voix, son effluve, pourtant attirants et puissamment masculins, suscitaient chez moi une méfiance extrême. Non que j'aurais détesté m'abandonner à ses épaules lacérées de leur peau par la nécessité des greffes, mais il me terrifiait moralement, comme si ses charmes n'avaient jamais été que le produit traître d'un mensonge. Il était un ogre. Mon ogre de père.

« Je ne vois pas ce que cela change. Il ne vit plus depuis longtemps avec nous », dis-je d'un ton faussement blasé, constatant une réalité connue de tous.

Prise qu'était ma mère dans l'ambivalence d'apparaître moderne, libérée à la Simone de Beauvoir, et la conviction qu'elle était protégée par son appartenance à un certain « milieu », évoquant une solution bactérienne où elle aurait grandi, sa voix finissait par dérailler de son ton assuré. Elle fulminait d'une voix lâche :

« Jamais ton père ne se serait permis de se conduire comme cela avec la tante Yvonne ! Quand le Général était encore au pouvoir, il se tenait à carreau ! »

Je confondais madame de Gaulle avec la reine d'Angleterre qui s'était invitée un beau matin, accompagnée d'une cohorte de dames de cour, afin de visiter la résidence d'hiver des Parents. Alors duc et duchesse de Brissac en titre, Pierre et May s'étaient empressés de lui faire visiter leur propriété comme le faisaient alors tous les grands propriétaires en France. Après que la cohorte royale eut dévasté le délicat gazon de ses escarpins, la reine avait dédicacé sa photo avec un mélange étudié de bonté et de rouerie. Je la contemplais, reposant depuis trente ans sur une table du salon entre un vase et une lampe, encadrée de velours rouge et marquée de la couronne royale d'Angleterre. L'objet avait pris à mesure des dépôts de poussière une valeur iconique. Le portrait lui donnait l'air tout à fait surprenant d'un poupon malicieux émergeant d'une collerette en dentelle.

Je tentais d'imaginer comment Yvonne de Gaulle avait exercé sa censure morale. Avait-elle eu à sa disposition un service de renseignements, une escouade volante, des grandes oreilles ? Existait-il en coulisses un ministère des affaires volages ? Prenait-on les ministres suspectés en filature ? Le Général et elle tenaient-ils un tribunal des bonnes mœurs de retour à Colombey-les-Deux-Églises le week-end ? J'évaluais la puissance de cette reine mère française à la mesure de sa capacité à réduire mon père, bourreau des cœurs et des chairs, à l'état de gentil époux filant droit dans le chemin du mariage.

3

May était une maîtresse des forges qui n'hésitait pas à utiliser ses enfants comme les éléments d'appropriation d'un ordre filial dont elle ne faisait pas tout à fait partie. Elle-même était le fruit des amours défendues de la spirituelle Antoinette de Saint-Sauveur avec Boniface de Castellane, dit « Boni ».

Boni était, à la fin du XIXe siècle, l'héritier en voie de paupérisation d'un grand nom, réargenté grâce à un mariage précipité avec une riche Américaine. Élégant et dispendieux, il était un joueur, arrogant par principe, noyant ses rêves de grandeur dans un snobisme à tous crins et dans une décadence spectaculaire. Femmes, fêtes, attelages, demeures, tendres stocks, rotation, accélération ! Il s'était juré, au cours d'un dîner resté fameux au Palais Rose en 1903, de distraire la voluptueuse Antoinette de son mariage désenchanté mais de rigueur avec Eugène Schneider, prisonnier de ses austères activités d'industriel au Creusot.

May ou une petite fille abandonnée, produit d'un chassé-croisé amoureux, fruit perdu d'un pari de séducteur, faux pas d'un vrai géniteur, d'un homme pressé de courir à sa perte et à une brillante solitude. Boni-Paul ou Boni-face ?

Les enfants de May seraient donc plus Schneider que Schneider, à la fois par leur éducation, leurs ambitions et leurs alliances. Enfant illégitime, elle prit fait et cause pour le camp légitimiste au cours de la fatale querelle de pouvoir en 1920, qui opposa ses demi-frères à leur père dans la conduite de l'empire sidérurgique dont les hauts-fourneaux produisaient à pleine capacité aciers et locomotives pour la France, mais aussi à destination des puissances montantes d'Asie et d'Amérique latine.

Après le vote des pleins pouvoirs à Pétain en juin 1940, elle fut convaincue par les partisans d'une collaboration avec l'Allemagne hitlérienne qui proposait l'instauration d'un ordre nouveau dans une Europe nazie. Était-ce pour renforcer son positionnement familial qu'elle pensait sans doute vulnérable que May prit de son initiative, et au fil de ses amitiés avec Josée de Chambrun, la fille de Pierre Laval, ou de sa passion amoureuse pour Paul Morand, le parti de l'oppresseur ?

Jouer la carte allemande. Les autoroutes nouvellement construites outre-Rhin la fascinaient. La crise de régime française devant le danger bolchevique imminent l'épouvantait. L'occupant nazi, au premier rang duquel Otto Abetz, cultivait ses appuis dans les milieux économiques et politiques français. May s'engagea dans cette voie sans retour, recevant dans l'hôtel particulier Cours-la-Reine les membres des milieux collaborationnistes et provichyssois. Elle emporta avec elle les réticences de Pierre, son mari, partisan obstiné du Maréchal, qui entretenait ses châteaux grâce aux subsides de sa femme tout en menant une vie amoureuse dissociée avec des comédiennes.

Marie-Pierre, sa fille aînée, était destinée à une existence que May souhaitait impériale, inscrite dans cette atmosphère collabo chic, pourrie de mots d'esprit, d'amours croisées, de drames individuels, d'insensibilité à l'immédiateté comme à la tragédie de l'histoire. Un grand mariage l'attendrait dès la fin des hostilités.

En attendant, afin de parfaire son éducation, elle faisait lire à sa fille *Mein Kampf* ainsi que *Les Décombres* de Lucien Rebatet, membre éminent de la rédaction de *Je suis partout*, et l'emmenait admirer les statues d'Arno Breker, le sculpteur officiel du régime hitlérien, ainsi que visiter l'exposition « Le Juif et la France » au Palais Berlitz.

La libération de Paris en septembre 1944 signa la fin de la partie. May fut incarcérée quelques semaines à la Conciergerie, puis à Drancy en même temps que Sacha Guitry et d'autres représentants éminents de la collaboration française, succédant à leurs victimes envoyées dans les camps. Lorsqu'ils n'étaient pas en prison ou en fuite, les grands collabos étaient morts, suicidés, exécutés ou en passe de l'être. Pierre Drieu la Rochelle, cachant un revolver sous son imperméable, avait fait sensation en surgissant dans l'hôtel particulier des Schneider afin d'y voir May, quelques semaines avant sa première tentative de suicide.

Les épaules couvertes d'une étole de fourrure, celle-ci attendit avec impatience l'arrivée de Marie-Pierre à la Conciergerie, munie de quelques affaires personnelles. Seule l'ingénuité d'une jeune femme de dix-neuf ans pouvait convaincre les religieuses de laisser voir en détention cette frêle femme du monde, inculpée de crimes contre la sûreté de l'État. Entourée de ses spectres collaborationnistes, May n'hésita pas à entraîner sa fille dans sa descente aux enfers en lui demandant de jouer sa messagère, une boîte aux lettres utile pour ses amis qui cherchaient par tous les moyens à communiquer à l'extérieur de leur prison.

« Comme tous ceux qui étaient là, Maman n'a jamais pensé qu'il lui arriverait quoi que ce soit. *Ils* donnaient tous un sentiment d'impunité. Le Général n'aurait jamais accepté que l'on touche à un des grands noms de la France », tentera-t-elle de m'expliquer, honteuse et indignée d'avoir été utilisée d'une telle manière.

4

Les plans de mariage de sa fille avec un beau parti, élaborés par May, implosent à la création de la IVe République.

May avait bien tenté de transformer sa fille en une parfaite candidate au mariage royal. Elle l'empêcha tout d'abord de poursuivre les études d'ingénieur dont Marie-Pierre rêvait depuis son enfance, et imaginait un destin moderne au contact du monde industriel du Creusot. La philosophie et l'histoire parurent tout juste convenables pour une future épouse qui ne pouvait s'intéresser qu'à la mode et se devait d'être moins instruite et intelligente que ses prétendants. Ensuite, elle soumit sa fille, assez boulotte, aux pires régimes, étant elle-même une ex-boulotte convertie à la maigreur par son amie Coco Chanel, première prêtresse de l'anorexie chic. Puis elle l'envoya écouter le chanoine Clamorgan qui l'instruisit des devoirs propres aux épouses chrétiennes. Enfin, Marie-Pierre fit l'objet d'une série de présentations maritales avec les grands partis du moment dont le prince Rainier et Philippe d'Édimbourg. « Mariez-vous d'abord, lui conseillait May. Ensuite, vous pourrez prendre tous les amants que vous voudrez. » Rien de tout cela n'intéressa ou n'attira ma mère qui ne songeait qu'à étudier et à aimer au lieu de se prêter à cette parade nuptiale. Ce fut un échec total doublé d'une humiliation personnelle pour May.

L'idéalisme, la soif de se démarquer de cette société corrompue sous un panache dont personne n'était dupe, l'affranchissement intellectuel et la force d'attraction des idées d'après-guerre furent de puissants moteurs d'émancipation. Mais ce qu'aucun mémoire ne rapporte, en dépit d'une bibliographie familiale nourrie, c'est la rivalité amoureuse qui naît entre May, une femme alors d'un peu plus de trente-cinq ans, à la fois glaciale et sublime – une femme couverte d'hommes –, et sa fille de dix-sept ans pour le même séducteur.

En 1942, Armand Salacrou, écrivain et essayiste, remarque la jolie jeune fille aux tresses brunes qui chante des mélodies populaires, accompagnée de sa guitare, dans le salon de l'hôtel particulier des Schneider. Il l'invite à prendre un café place de l'Alma. Un brin de conversation innocente. Un homme mûr, ami de sa mère. Comment ne pas céder à l'attrait de l'interdit quand on est une jeune fille chrétienne élevée par des parents devenus depuis longtemps païens ? Au café, il l'emmène au sous-sol, l'embrasse dans les toilettes et finit par la prendre. Sa liaison avec May, qui bat de l'aile, prend définitivement fin lorsque celle-ci apprend cette double trahison incendiaire, amoureuse et filiale. Il n'est plus seulement nécessaire de marier sa fille, il faut l'éloigner d'urgence !

La solidarité manifestée lors de l'humiliante incarcération à la Conciergerie, puis à Drancy, ne suffira pas à adoucir ce duel féminin. À distance, les deux femmes se toiseront désormais, belles comme deux sphinx, dans un désert affectif et brûlant. Elles sont aussi dissemblables physiquement que moralement. May possède l'élégance hautaine d'une Audrey Hepburn, les yeux étincelants de Veronica Lake. Elle est une louve romaine. De sa fille émane la beauté de Jeanne Moreau, la vivacité de Monica Vitti. C'est déjà un électron libre.

La vie maritale de Marie-Pierre épousera les inflexions de la vie institutionnelle française.

Un mariage IVe République. Dès l'automne 1945, elle noue une relation passionnée avec Simon Nora, résistant, juif et compagnon de route des communistes de surcroît. Un inspecteur des Finances de vingt-cinq ans. Jeune homme au visage lumineux, au regard à la fois lucide et attentif aux autres, un front immense incliné vers ce soleil qu'il aime, la mâchoire déterminée, une allure altière et secrète. Au printemps 1943, il entre en résistance dans le Vercors et voit la guerre dans ses circonstances les plus primitives, les plus odieuses.

Il est un amour intolérable aux yeux de May, de Pierre, mais aussi d'Antoinette, la judéophobe militante de la famille. « Tu peux tout faire, sauf épouser un juif », avait pourtant seriné Pierre à sa fille. « Nous sommes une des seules familles de la noblesse française à ne pas être enjuivée. » Une tante prédit à Marie-Pierre qu'épousant un juif, elle aurait des enfants anormaux.

Appelé à l'aide sur le conseil amical de la famille Jardin, le docteur Ménétrel, médecin et confident du maréchal Pétain, expédie la jeune femme dans une clinique de soins psychiatriques en Suisse sous couvert d'une mononucléose. Réception et livraison du colis à Berne par Jean Jardin, commanditaire de cette besogne de salubrité sociale : un rôle de salaud ordinaire. Puis, le jour de ses vingt et un ans – la majorité d'alors –, coup de théâtre. Le 12 novembre 1946, Simon, accompagné d'un commando du Vercors, enlève Marie-Pierre de la clinique, dont elle a légalement le droit de sortir, pour un mariage mêlant amour et peur entre deux haies de maquisards.

Elle épouse un homme qui rêve d'appliquer les idéaux de la Résistance à la politique de la France, trouvant un peu plus tard une concrétisation possible dans les convictions de Pierre Mendès France. Et commet ainsi un geste qui, touchant une simple existence intime, la dépasse et illustre de manière éclatante les défaillances et les crimes d'un système social.

Le mariage dissident est marqué par la fin sans appel de ses relations avec sa famille, accompagnée d'un ressentiment mutuel à la hauteur des attentes déçues. Par la voix du notaire de la famille, les Parents signifient à Marie-Pierre qu'ils ne la reverront plus mais qu'elle dispose en pleine propriété de son collier de perles, de son piano et de son cheval. Sa dot est celle de la rupture et du silence. Elle est bannie du fameux « milieu ». Excommuniée.

C'est une nouvelle vie : on n'est pas bien née, on passe des concours marqués par un autre fer, celui du mérite républicain. Mais c'est aussi une vie quotidienne sans argent, rythmée par une suite de fausses couches mal soignées, d'enseignement de philosophie à deux heures de train quotidiennes et par l'apprentissage de la vie conjugale avec une belle-famille dont les idées sur la place d'une épouse et ses devoirs sont tout aussi arrêtées que l'ancienne. Une vie à laquelle une princesse élevée dans des hôtels particuliers par des nurses allemandes n'est nullement préparée, très jeune femme dont l'existence a toujours été encadrée, chaperonnée mais aussi extraordinairement choyée. Et qui doit comprendre et aider Simon, un jeune survivant et héros de la Résistance, à dominer l'angoisse suscitée par la fuite de Lyon avec ses deux jeunes frères sur les routes, la peur dans le Vercors, une retraite forcée dans la Grotte des Fées avant la disparition de tous ses compagnons et notamment de Jean Prévost, alias capitaine Goderville, écrivain et résistant tué les armes à la main au Pont Charvet le 1er août 1944. Une aventure courageuse mais une réalité ingrate même si, pour elle, l'essentiel comme toujours est ailleurs, dans les livres et les concepts de philosophie, qui l'ont aidée à survivre toute son adolescence.

Un mariage Ve République signe un retour à une vie institutionnelle et plus bourgeoise après le naufrage du mariage IVe République.

Maurice Herzog est plus que jamais héroïque mais contre-révolutionnaire. C'est André Malraux qui amène mon père à la cordée gaulliste en 1959. Nine de Montesquiou, le pygmalion et mécène de ce dernier, a joué les sherpanis. May rencontre l'alpiniste avide de hauteurs au cours de ses pérégrinations mondaines et propose à sa fille, alors divorcée de Simon Nora et démunie, de le lui présenter dans l'espoir d'un mariage qui la réconciliera avec son « milieu ». Il n'a pas d'argent mais il est un héros national. Et il est ministre. Il fera donc l'affaire.

Mon père est certes flatté par la culture de ma mère, sa position sociale, séduit par son hypothétique patrimoine légué par un empire Schneider en pleine restructuration, dans lequel il cherchera vainement à jouer un rôle. La « grande famille » à la française éblouit l'aîné d'une fratrie de sept enfants négligée par un père autoritaire et absent. Un tumultueux célibat, sa relation passionnée mais sans issue avec Nine de Montesquiou, une femme mariée, un outrage pour la bonne morale catholique, ne sont pas dignes d'un membre d'un gouvernement présidé par le général de Gaulle et sur les mœurs duquel madame de Gaulle veille scrupuleusement. Dans la sphère gouvernementale, toute situation maritale doit être irréprochable.

Derrière la façade dressée par la fausseté des intérêts et des calculs, mon père n'est pourtant pas un alpiniste de salon, ni ma mère une prudente conformiste. Qu'attend-il de cette belle intellectuelle aventureuse qui s'est affranchie des normes ? Le drame de mon père est l'incommunicabilité de son expérience. Son équation personnelle est un enfer. Il pourrait avoir peur d'elle, l'agrégée camarade de Jacques Derrida, la Parisienne sophistiquée au sourire chatoyant et ourlé de comédienne. Et elle de lui, l'homme des hautes altitudes, partant à seize ans conquérir en solo le sommet de l'Aiguille Verte, le séducteur mutilé par l'exploit, le cannibale du sexe.

À l'instar de grands animaux à part, s'étant délibérément mis en marge de la horde, ils sont tous deux de grands solitaires. Ni la filiation, ni l'amitié, ni l'amour ne les atteignent durablement. Ils se sont désolidarisés très tôt de leurs parents, de leurs frères et sœurs. Ils ne connaissent pas de grandes, véritables, amitiés. Le verrou de leur exceptionnelle solitude s'est desserré provisoirement, l'espace d'un court état de grâce, en 1961.

La loi morale était dans le cœur de ma mère, le ciel étoilé au-dessus de sa tête.

Mon père ne connaît pas de lois. C'est un hémiplégique de la sensibilité, sauf à l'égard de ceux qui ont connu des amputations – les mêmes souffrances que lui. Tout est prétexte à compensation. Autrui n'existe pas, sauf à le mythifier davantage. Pour sauver les apparences d'une ascension de légende, il a réécrit l'histoire, trahi et négligé son entourage sans jamais avoir le sentiment d'avoir fait mal puisque la société le jugeait si bien. Tout était bon pour parfaire la statue de héros qu'on lui avait demandé d'ériger autour de sa personne. La vérité, pour lui, est une éclipse. La distinction entre vérité et mensonge, réalité et fiction, responsabilité personnelle et collective, lui est devenue insupportable. Il a fini par l'anesthésier complètement. Le fardeau du héros de propagande est-il trop lourd ? Faut-il brûler quotidiennement ce pour quoi on est acclamé afin de mieux conjurer la fin qui, elle, est implacable ? À quel point cette condition est-elle supportable pour lui et, après, pour la génération de ses fils ?

Toute femme est une réponse. Ses conquêtes féminines n'ont pas besoin d'être belles ou intelligentes. Elles sont des défricheuses-déchiffreuses de son histoire qu'il ne comprend pas lui-même. Instantanément mises à contribution tout en étant sommées, néanmoins, de respecter la ligne officielle. Nine a d'abord rempli ce rôle. Ma mère n'a su en faire de même, alors qu'elle en était la plus capable. Mais aussi trop honnête, trop rigoureuse, incorruptible.

En 1962, le mariage de mes parents est célébré trois mois après leur rencontre organisée par une amie à la demande de May. Un mariage arrangé pour deux aventuriers dans la maturité de leur séduction, cherchant une normalisation sociale. Ma mère ne se préoccupe plus de bâtir de savants plans de dissertation de philosophie mais de méticuleux chignons sous-tendus par une architecture de fer. Sa garde-robe s'étend, mois après mois, des tenues haute couture avec lesquelles elle apparaît au cours de cérémonies officielles. Elle n'est plus le « petit professeur miteux » moqué par sa mère.

Réconciliation doucereuse ? Rattrapage honteux ? Compromissions ? Quelques mois plus tard, May entreprend d'organiser une croisière en famille en Méditerranée. Une de mes tantes lointaines, un pot à tabac jaloux de la beauté de Marie-Pierre autant que de ses talents, flirte avec mon père avec la meilleure volonté du monde. Ma mère nourrit quelques doutes. Mais idéaliste, éprise, illusionnée par le retour en grâce dans le giron familial et social que lui procure cette union, elle ne veut pas alors prendre conscience qu'à peine célébré, son mariage est déjà condamné.

Rien de mon père et de ma mère ne se mariera réellement. Ils n'ont ni les mêmes idées, ni les mêmes goûts, ni les mêmes fréquentations. Dans le paysage mondain de l'époque, un haut lieu de la chasse à Diebolsheim tient une place particulière. Un lieu de retrouvailles auquel seules la proximité de la sauvagerie des bêtes, leur mort programmée et la lourdeur des armes savent insuffler l'excitation. Jean de Beaumont, cousin de Pierre, grand camarade de mon père et pourvoyeur de plaisirs à cette société, y accueille les jeunes mariés. Il jette un regard amusé à ma mère, la sauvageonne livrée aux études, finalement rangée, dont il avait une peur bleue tant il craignait ses férocités de l'esprit. Ma mère ne s'y rendra qu'une seule fois.

Lorsque Laurent naît en 1965 à la clinique du Belvédère à Boulogne-Billancourt, madame de Gaulle envoie une jolie layette bleue. C'est une bénédiction gaullienne pour ma mère, un satisfecit social à une époque où Yvonne de Gaulle refuse de recevoir les femmes divorcées à l'Élysée. Peu après, lors d'une réception officielle, la haute silhouette du Général se penche sur ma mère : « Comment se porte Laurent ? » demande-t-il obligeamment à celle qui avait écrit dans les tribunes d'un grand quotidien un hommage inspiré par le thème de l'Appel du 18 Juin, témoignage de son admiration.

Trois ans plus tard, ma mère est seule, délaissée, abandonnée, presque anéantie. Sa jeune rivale, connue bien avant leur mariage et restée dans l'obscurité, s'installe dans sa propre maison à Chamonix sur les instructions de mon père. Elle dort dans son lit, se maquille assise à sa coiffeuse, se contemple dans son miroir, laisse ses empreintes sur chaque passage, vêtements dans les penderies, rouge à lèvres sur les vitres, parfums dans les foulards.

Ma mère, impuissante et ignorante d'une partie des mensonges, persiste. Ce deuxième mariage doit réussir coûte que coûte. Elle connaît une période de grand désarroi et de mysticisme chrétien. La maisonnée sinistre est inquiétante pour le petit Laurent dont l'éducation repose entièrement sur une nourrice allemande qui s'accroche à ce bébé autant qu'il est suspendu à elle. Malgré la défiance et la désertion de son mari, ma mère ne pense qu'à une chose : tomber enceinte coûte que coûte et produire un frère ou une sœur qui ne laisserait pas Laurent seul dans une enfance promise à la solitude. Après une tentative ratée, lors du dernier voyage officiel au cours duquel elle accompagne mon père en Tunisie, elle a calculé sa fenêtre de tir de fécondité, déployé ses voiles de séductrice afin d'obtenir de son mari une dernière attention amoureuse, malgré la fureur de sa rivale, un dernier enfant pour la vie, un enfant pour seconder Laurent. Elle l'a eu (mon père) et elle m'a eue. Voilà : je serai désormais sur terre, vouée à protéger mon frère et assurer, le cas échéant, le rôle de doublure.

La rupture de mes parents était pourtant déjà consommée. À ma naissance, mon père menait depuis longtemps une double vie dont la part clandestine avait entièrement submergé l'officielle. Nous grandissions à l'ombre de cette légende héroïque qu'il s'était forgée d'une main amputée de ses premières phalanges, mais néanmoins de fer, depuis son retour de l'Himalaya. Lorsque notre présence était jugée nécessaire à un tableau de famille idyllique, une secrétaire à l'Assemblée nationale appelait pour requérir notre présence à des projections officielles ou à des remises de décoration pour lesquelles on me forçait à mettre des robes, ce qui suscitait chez moi une aversion violente. J'avais à jouer le rôle de fille du grand héros. Étais-je disposée à rendre ce petit service à mon père, comme toute gentille fille à Papa ?

Nous étions invités à nous asseoir au premier rang dans un grand théâtre parisien où se déroulait une projection du film de l'expédition sur l'Annapurna, moi ressemblant à un poney sauvage qu'on aurait affublé d'une robe à smocks et Laurent à un jeune prince, yeux constamment rêveurs. Autour de nous régnait un brouhaha mondain. Émergeaient explorateurs apparentés, alpinistes enfin réconciliés mais à la veille d'une discorde de dix ans, photographes chasseurs d'exploits, hommes politiques du giron savoyard, chroniqueurs célèbres, hauts fonctionnaires passés par les cabinets gaullistes. La présence immanquable de quelques femmes belles et raffinées accentuait avec grâce la virilité de ce rassemblement.

Lors de l'inévitable cocktail qui suivait, les dames se penchaient vers moi, les yeux brillants, confidentiellement séduites par la moustache fauve et le regard suave de l'explorateur, et me soufflaient :

« Tu as bien de la chance d'avoir un père comme lui ! »

5

La projection du documentaire, premier du genre filmé en Technicolor, démarrait enfin. La voix du commentateur, rendue nasillarde par la prise de son, contait l'aventure à la manière d'un instructeur militaire énonçant des mots d'ordre et nous ramenait dans un monde qui connaissait encore un Empire colonial français et tout juste la pénicilline. C'était en 1950. L'Himalaya faisait partie des géographies étrangères, ni foulées ni cartographiées par les « Occidentaux ». On était encore en pleine exploration, ne sachant pas précisément si les sommets de plus de 8 000 mètres étaient situés dans les royaumes du Népal ou du Tibet.

Le documentaire était conçu comme un film de propagande, à la fois crédule et arrogant dans son esprit néocolonialiste, autant porté à décrire les impressions pittoresques des futurs conquérants face à la population locale, hypothétiquement fraternelle, que les défis d'alpinisme. L'aventure était scénarisée, les dialogues reconstitués, l'amitié et la solidarité militantes, contées d'une solide langue de bois : trop beau pour être vrai mais caractéristique de l'état d'esprit qui prévalait alors.

Dès la fin de la guerre, Lucien Devies, patron du Club alpin français, appuyé par Jean Prouvost, le patron de presse, propriétaire de *Paris Match*, Français humiliés par l'échec de l'expédition française de 1936 sur le Karakoram, décident de créer une expédition et de se lancer sur ce terrain de chasse britannique et allemand : une *dream team* montée de toutes pièces, comprenant des guides éprouvés de Chamonix, des individualistes, brillants et hors catégorie comme Gaston Rébuffat, des résistants et des antimilitaristes, des Savoyards, des Marseillais ou des Parisiens, des diplômés et des cancres. Qu'importent leur peu d'affinités, leurs divergences de valeurs et leur approche, fondamentalement opposée, de la montagne et de l'alpinisme. Personne ne souhaite se poser vraiment la question et les quelques alpinistes s'interrogeant reçoivent une réponse sans détour. Chaque membre de l'Expédition est sommé à la dernière minute de signer une lettre renonçant à ses droits de production intellectuelle, bâillonnant toute tentative de récit au profit d'une version commune agréée. Bref, tout s'effectue à marche forcée afin de bénéficier de l'ouverture diplomatique obtenue, de manière inespérée, par la diplomatie française auprès du royaume du Népal. Cette autorisation sans précédent permettrait aux Français de ravir le premier « huit mille » des quatorze sommets de plus de 8 000 mètres recensés dans le monde, tous situés dans la chaîne himalayenne, avant leurs rivaux historiques.

Une odyssée attend les alpinistes partis le 30 mars 1950 de Paris, visant initialement le Dhaulagiri. Ceux-ci perdent plusieurs semaines à errer dans un dédale de vallées mais ne trouvent pas de voie d'accès à ce sommet en raison des cartes fantaisistes ou inexistantes. Les porteurs refusent de poursuivre, les membres de l'expédition sont atteints des maux causés par la haute altitude, découragés par l'absence de préparation et de pilotage. La discorde en germe entre les membres de l'équipée et les procès en légitimité se font jour. L'expédition tourne au désastre. C'est une quasi-mutinerie à laquelle mon père fait face. On finit, néanmoins, par identifier un col donnant accès à la base de l'Annapurna, 8 091 mètres d'altitude et l'Expédition se rabat ainsi sur le plus petit des « huit mille ». Là encore, des difficultés et les dissensions émergent lorsqu'il faut trouver un itinéraire pour parvenir à établir les camps, malgré des tentatives de reconnaissance périlleuses. Jusqu'à ce que Louis Lachenal, Gaston Rébuffat et Lionel Terray conçoivent finalement un angle d'attaque.

À 7 500 mètres, l'aventure atteint son paroxysme lorsque mon père, voyant s'échapper la possibilité d'aller au sommet en raison de la mousson qui s'abat comme prévu sur l'Himalaya, décide dans un élan désespéré d'aller du dernier camp au sommet en pleine tempête, laissant Louis Lachenal devant un choix cornélien : le suivre et risquer la mort ou des gelures probables, ou redescendre et manquer à ses devoirs de guide. Le chef des Sherpas, le Sirdar Ang-Tharkey, a décliné l'offre généreuse des *strong sahibs* d'aller au sommet, certain d'y laisser ses pieds, les prévenant explicitement de ce danger bien connu.

Alpinisme d'État contre esprit de cordée. Exploration coûte que coûte contre solidarité humaine indéfectible. Deux conceptions diamétralement opposées : un antagonisme irréductible. Une trahison des grandes valeurs de l'alpinisme pour les uns, un exemple sublime de sacrifice pour les autres.

Dans les vents hurlants des derniers cent mètres, à une altitude où l'on pense mourir de la raréfaction de l'oxygène, le fonctionnement amoindri de l'organisme frustré de son alimentation vitale, le cerveau euphorisé par la prise d'amphétamines en perspective de l'assaut final, une autre histoire, plus réaliste que le récit officiel, a peut-être pris place. Celle d'une solidarité de cordée trahie et, sous couvert de l'intérêt national supérieur et sacré, d'une compromission finale avec la vérité. Il fallait remporter une victoire, coûte que coûte. Que représentaient 300, 200, 100, même 50 mètres à l'abord du sommet en comparaison d'une flamme nouvelle pour un pays déchu et de la gloire d'une telle conquête ?

Au dernier camp V, ce 3 juin 1950, après quinze jours d'ascension conduite à marche forcée, un face-à-face terrible aurait pu prendre place entre mon père et Louis Lachenal. À une telle altitude, les paroles sont rares et la négociation vitale.

« Momo, c'est de la folie, je ne continue pas. Mes pieds gèlent, les tiens aussi. Descendons ! » a pu intimer, haletant, avec l'autorité de celui que tous surnommaient Biscante, le guide de montagne d'une expérience inégalée, Louis Lachenal. « On va y rester, tu vas y rester.

— Mais Louis, on y est ! Tu ne peux pas me laisser tomber ! ! » aurait hurlé mon père dans le même état. Sa présence est, en effet, indispensable. Sans Louis Lachenal, pas de photo, pas de sommet. Aucune preuve de l'avoir atteint.

Mon père aurait jeté un dernier regard à la longue arête sommitale. Renoncer au sommet si près est inconcevable. Une deuxième expédition française, préparée et financée sur deniers nationaux, condamnée à l'échec. Pour lui, un rêve brisé. Qu'est-ce qu'être chef d'expédition d'une ascension ratée dans laquelle tant d'espoirs et de ressources ont été investis ? Toutes les fées politiques et médiatiques de l'époque se sont penchées sur cette expédition, qui est aussi son berceau personnel. Le drapeau français est dans son sac. Il a probablement pris ce qu'il fallait de produits dopants pour y arriver. Ce coup de dés miraculeux du destin ne se reproduira plus jamais.

« Très bien, je continuerai seul. Plutôt mourir ! » a-t-il pu crier à son compagnon à la perspective de cet échec inconcevable, reprenant le chemin de la pente, les poumons en feu, les pieds lourds comme des tonneaux.

À cet instant, ils se seraient peut-être empoignés malgré leur équipement et les rafales de vent. Louis Lachenal aurait cherché par tous les moyens à convaincre son compagnon de cordée, devenu insensé, aux prises avec une réaction folle, peut-être liée au dopage dont on ne connaissait pas les effets à une telle altitude, de rebrousser chemin. Lui qui sait que les descentes sont souvent plus périlleuses que les ascensions en raison de l'épuisement des hommes, de leur impatience à redescendre rapidement et de la neige ramollie, précarisée par la température plus élevée de la journée, celle-ci créant les conditions d'avalanches en série. Qui deviennent infernales lorsqu'elles mettent en jeu la vie de leurs acteurs, nécessitant une machinerie de secours lourde et dangereuse, en particulier perdus dans l'Himalaya extrême, chacun opérant alors dans les pires conditions d'urgence et de vulnérabilité.

La veille, dans leur bivouac de fortune, Louis Lachenal aurait cherché à raisonner mon père toute la nuit pendant laquelle il était impossible de fermer l'œil. Mon père aurait peut-être pleuré devant cette éventualité inimaginable.

« Momo, tu es le chef. Tu dois ramener tout le monde. Arrêtons là. La mousson a gagné. On ne met pas en danger seulement nos vies mais aussi celle des autres ! »

Pour Lachenal, le cas de conscience doit être majeur. Qui peut ignorer le sort des Mallory montés à l'assaut et jamais redescendus ? Les derniers mille mètres de plusieurs « huit mille » jonchés des corps de ceux qui ont, envers et contre tout, tenté désespérément de les conquérir ? Des alpinistes arrachés à la pente par le vent surpuissant ? La liste des cadavres gelés introuvables, restés pour toujours dans l'exil des cimes, est impressionnante. En laissant partir Maurice seul vers le sommet, serait-il le responsable de sa mort probable ? Et puis, se désolidarisant, ne faudra-t-il pas néanmoins qu'il prenne, en tant que guide, la charge du sauvetage d'un homme à huit mille mètres d'altitude ? Une cordée est indivisible. Il regarde cet homme illuminé, qui a des visions, prétend voir sainte Thérèse d'Avila et ne manifeste pas la moindre intention de tourner les talons, prêt à se jeter dans les bras de la mort. Louis Lachenal connaît ces conquérants qui, aussi expérimentés soient-ils, ne sont pas des montagnards de métier et, se rapprochant du soleil, disjonctent. Des hommes à bout de forces, rongés de fatigue, leurs facultés engorgées par l'altitude, épuisés par les conflits humains et sur lesquels pèse pourtant de tout son poids l'exigence d'un succès, d'ores et déjà mis sous presse. Donc prêts à tout. Ayant perdu leur libre arbitre, ces hommes prennent des décisions à la lisière du comportement suicidaire, de la folle inconscience.

« Si je prends la photo, est-ce que tu descends ? On est si près », aurait laissé échapper Lachenal, à bout de forces et d'arguments, comprenant subitement qu'il ne convaincrait pas son compagnon de redescendre et de sauver leur vie, à tout le moins. Pour lui, l'Annapurna est un sommet comme un autre. Tant de sommets, alpins et andins, le font rêver et l'attendent. Dans la vallée de Chamonix, sa fiancée, Adèle, guette son retour. Mon père, au contraire, n'est pas un alpiniste de carrière, c'est un aventurier. L'Himalaya n'est pour lui que le prélude d'une autre vie. Une photo, plus tard mondialement diffusée, est prise de mon père, debout sur l'arête en dévers, sous une corniche, alors que le cliché pris de Louis Lachenal montre ce dernier, assis, sombre, jetant à peine un regard à l'objectif. Personne ne s'intéressera jamais à cette dernière image.

Ainsi a pu se produire un pacte inavouable entre ces deux hommes, unis pour le pire dans un mensonge de cordée et l'édification de ce qui deviendra un mythe national.

6

En 1950, la victoire sur l'Annapurna offrait à la France, telle qu'elle lui fut présentée, l'inspiration qui lui avait manqué pendant les années d'occupation puis de restrictions : esprit de conquête, audace tactique face à l'Angleterre, l'Allemagne et l'Italie dont les rivalités s'étaient déplacées sur le terrain symbolique de l'alpinisme, assaut final, calvaire à la descente, amputations au camp de base puis au cours d'un long retour au pays, dernier acte d'une tragédie de glace et de roc. Un physique à la Clark Gable et une grande éloquence permettaient à mon père d'incarner ce héros parfait, capable de concurrencer les surhommes allemands ou italiens.

Toutes ces années, il m'apparut aussi inaccessible que l'homme brandissant son piolet sur cette photo, d'abord publiée en exclusivité par *Paris Match*. Il ne me semblait jamais être vraiment redescendu de ce versant sur lequel il se dresse en pleine tempête, tenant à deux mains le drapeau français. Quelque chose d'autre que ses mains et ses pieds n'était-il pas resté sur les flancs de ce sommet considéré comme une déesse par les Népalais : sa sensibilité ? son humanité ? sa propre estime ? Ressentait-il une secrète culpabilité à avoir entraîné Louis Lachenal dans cette folie, même au nom de l'intérêt national, folie dont Lachenal n'allait jamais se remettre ? De retour dans la vallée, devant l'incapacité de poursuivre son métier de guide avec des orteils amputés, Louis Lachenal, plein de flamme, connaissait alors sans surprise des accès de dépression.

Pour un alpiniste rompu aux ascensions, laisser échapper le moindre objet de ses mains en montagne est une hérésie, un interdit majeur, de l'ordre du conditionnement. S'il existe un trait caractéristique commun aux alpinistes et aux grimpeurs, c'est bien de ne jamais laisser tomber quoi que ce soit. Laisser glisser ses gants dans le vide en descendant du sommet représenta-t-il, alors, un acte manqué ?

Mon père raconte ce passage clé dans son livre, *Annapurna Premier 8000* :

« Je me hâte autant qu'il m'est possible, mais le terrain est très dangereux. Il faut craindre à chaque marche que la neige ne s'écroule sous le poids du corps. Voici Lachenal sur la grande diagonale. Il marche avec une rapidité dont je ne l'aurais pas cru capable. À mon tour de traverser la zone mixte de rochers et de neige. Enfin, le bas de la falaise ! Je me suis pressé et suis tout essoufflé. Quelle intention ai-je ? Je ne sais. Soudain…

Ah ! Les gants !

Avant d'avoir eu le temps de me baisser, je les vois glisser, rouler… Ils s'éloignent droit dans la pente…

Je reste là, interdit, je les regarde qui filent lentement sans faire mine de s'arrêter. Le mouvement de ces gants s'inscrit dans mon œil, comme quelque chose d'inéluctable, de définitif, contre lequel je ne puis rien ! Les conséquences peuvent être graves. Que vais-je faire ? »

Dans les situations de survie, les alpinistes sont des champions de la débrouille, en l'occurrence une paire de chaussettes pouvant protéger ses mains gisait dans son sac à dos. Mon père ne pense pas à les utiliser, ni à la descente, ni même dans la crevasse les abritant, lui, Louis Lachenal et leurs compagnons, Lionel Terray et Gaston Rébuffat, venus à leur rescousse dans la tourmente au cours d'une nuit fatidique. Cela lui coûtera les premières phalanges de ses doigts de main et ses orteils. Voulait-il en fin de compte payer le prix fort pour sa décision désespérée de parvenir jusqu'au sommet ? Se voulait-il en martyr d'un exploit sans prix ?

En société ou en famille, il jouait une représentation sartrienne du héros de l'Annapurna. Aucune contestation n'était recevable, au déjeuner avec ses propres enfants comme au cours des interviews avec les journalistes. Ses récits dérivaient, au bord de l'affabulation. À la virulence de sa défense, je devinais que la moindre interrogation pouvait faire s'effondrer son château de cartes himalayen. La ligne de son parti était inflexible et elle m'était d'emblée insupportable. Je ne pouvais rentrer dans son jeu. Il le sentait chez cette petite fille qui refusait les attributs d'une féminité en puissance, qu'il aurait pu séduire, et qui s'obstinait à ne pas admirer l'homme de légende. Je boudais l'Annapurna comme seuls les enfants savent bouder, en dépit de toute rationalité, de toute légitimité, de toute morale. « Il faut lire le livre de ton père ! » me disait-on avec de gros yeux. Quelque chose en moi alors se refusait à lire *Annapurna Premier 8000* : c'eût été l'équivalent de signer un pacte faustien avec sa mémoire. Année après année, je me dérobais à cette lecture. Laurent manifestait la même étrange réticence. On ne peut forcer un cheval à boire, disent les Anglais.

Seule sa détermination à vivre, malgré les amputations, relevait alors pour moi d'un courage héroïque. D'où tenait-il cette extraordinaire volonté de se relever et de survivre ? J'admirais l'adresse, sa désinvolture extrême face à cette fatalité du destin, la maîtrise de ses gestes rééduqués, si bien pensés qu'insoupçonnés, injustement oubliés. Un jour, en voiture, il se gara sur une place de parking réservée aux handicapés.

« Mais Papa, tu ne peux pas te garer ici.

— Mais, ma petite, que veux-tu, je suis un handicapé ! » s'exclama-t-il en me regardant d'un air mi-ironique.

Un été de 1975, il était venu me chercher à la gare de Genève pour me ramener à Chamonix. L'autoroute Blanche n'était pas terminée et pour parvenir à la vallée de Chamonix, il fallait remonter la vallée de l'Arve puis emprunter depuis Sallanches une route sinueuse à flanc de montagne, à double sens de surcroît. Papa conduisait en trombe des voitures de sport dont l'odeur capiteuse du cuir me montait immédiatement au cœur.

« Ma petite, je vais te montrer de quoi cette voiture est capable. »

Il s'agissait d'une Porsche avec laquelle il avait dérapé, ma mère à son côté, quelques années auparavant sur une plaque de verglas sur cette même route. Malgré mes supplications, je voyais alors ses mains nerveuses, les mains masculines, ciselées, dont mon frère hériterait plus tard la beauté, mais les siennes habitées par un autre handicap, lâcher alors le volant tout en accélérant brusquement, riant de mon effroi.

Dans notre maison située au cœur de la ville, il m'invitait parfois bizarrement, un peu solennellement, à « causer » dans une chambre d'amis. Assis gauchement sur une chaise, l'un en face de l'autre, moi interdite et ne mesurant pas sur le coup l'intensité de ses propos. Ces curieuses discussions prenaient le tour de confessions. Il évoquait invariablement cet épisode à l'Hôpital Américain qui avait pris place après l'atterrissage au Bourget de l'Expédition survivante, ensanglantée, arrivant tout droit du Népal. À New Delhi, le pilote de l'avion avait dans un premier temps refusé de les embarquer, lui et Louis Lachenal, invoquant l'odeur de puanteur dégagée par leurs blessures comprimées depuis leur retour du sommet, conquis un mois auparavant.

À l'Hôpital Américain, dans leurs chambres situées côte à côte, les chirurgiens avaient enlevé les pansements entourant leurs mains et leurs pieds. Et d'énormes vers étaient apparus, avaient même jailli dans la pièce, suscitant un mouvement d'effroi chez les infirmières et les aides-soignants pourtant aguerris et la conviction horrifiée de mon père d'avoir perdu forme humaine. Les vers s'étaient alimentés de ses tissus depuis son départ, comme ils l'auraient fait d'un cadavre. Il subit deux années de multiples opérations et de greffes, une spécialité chirurgicale alors en définition, afin de recouvrir les moignons de doigt à partir de la peau prélevée sur les épaules et les mollets. Aucune conquête féminine, aucune décoration, aussi belles fussent-elles, ne viendraient à bout d'une telle impression de déchéance. Seul l'amour maternant, dans les années 1950, de Nine lui avait redonné le désir de reconstruire sa vie.

Mon père avait franchi la ligne de la vie et de la mort. Il avait vécu dans un entre-deux intolérable. *Elephant Man* constituait sa principale référence cinématographique. Aussi rêvait-il d'engager son réalisateur pour son film lorsqu'il parlait de ses projets de porter *Annapurna Premier 8000* à l'écran, persuadé d'avoir été exclu par l'humanité de la même manière que le monstre inventé par David Lynch. Son créateur aurait été, affirmait-il sans désarmer, le seul capable de pénétrer son odyssée et de rendre compte de sa souffrance. Je comprenais par là qu'à l'instar d'Elephant Man, il se voyait en animal de foire, tenu d'exhiber ses doigts amputés devant les foules dans une forme de spectacle existentiel. Il fallait en passer par là pour assumer cette condition exceptionnellement douloureuse, la porter haut et fort pour ne pas tomber, pour se justifier. De manière ambivalente, cette manie de se mettre en scène à tout moment répondait aussi à la culpabilité d'avoir été l'auteur de cette situation. Il était dans l'autojustification permanente. Il s'y était enfermé et n'en sortirait jamais plus.

Papa s'était arrêté de parler et se penchait d'un coup sur la chaise. Prenant son front dans ses doigts courts, les tempes humectées, il pleurait sans larmes. J'étais dans cette chambre au papier peint à pagodes et à fleurs chinoises que ma mère avait choisi au début de leur mariage et que je regardais, ne sachant plus quoi regarder. La lumière bleutée du massif du Mont-Blanc irradiait par les fenêtres de la pièce, confinée par des murs épais. Des bruits typiques de fond de vallée, passages du tortillard, hélicoptères portant secours, parvenaient étouffés jusqu'à nous. J'avais envie d'aller jouer dans le jardin. Nous étions très décalés. Mais l'âge pressait, qui sait ce qui pouvait arriver demain. Il avait pensé ne plus appartenir à la société des humains. Il ne s'en remettrait jamais complètement. Voilà la seule chose qu'il avait voulu me transmettre, ce que je devais savoir.

Après avoir conquis l'Annapurna, il serait une publicité vivante de ce mythe surhumain proposé à la « jeunesse » française. Il agissait à l'égard de tous avec un ascendant incroyable dans l'ambivalence d'une supériorité historique et d'une tragédie personnelle, l'une alimentant l'autre. Il était devenu le conteur talentueux de sa propre histoire, habilement mise en scène, dont il avait verrouillé tous les accès. Du succès d'une entreprise de propagande française dont il était un des émissaires et un des derniers survivants, il avait tiré un récit, à la fureur des alpinistes persuadés d'avoir été instrumentalisés dans l'édification de la gloire d'un seul homme : Maurice Herzog.

Qu'est-ce donc qu'un héros ? Un héros agit-il dans l'inconscience ou sa conduite est-elle le produit d'un acte délibéré ? Est-ce quelqu'un qui sacrifie sa vie pour sauver celle des autres ? Ou l'acteur d'une épopée bien présentée qui fait rêver et bouleverse les foules ? Un exemple de ce que nous ne sommes pas capables de faire, récit d'une odyssée qui nous rend plus forts, dans lequel nous nous projetons, soulagés de ne pas avoir à affronter de telles épreuves ?

Toutes les époques ne fabriquent pas des héros. Le début des années 1950 réunissait les ingrédients nécessaires, en gestation pendant les années d'occupation : l'humiliation, la sédentarité imposée, l'ignorance de l'étranger, les restrictions, l'absence de toutes distractions. L'après-guerre perdurant contribuait à donner à cet exploit une portée formidable sur les imaginations et les esprits. Financée sur deniers publics et sponsorisée par une entreprise de presse, le résultat atteint par l'Expédition dépassait toutes les espérances de ses organisateurs.

Dans les années 1930, puis pendant la Seconde Guerre mondiale, l'Himalaya fut une terre d'élection du fascisme et le prétexte d'une rivalité constante avec les Anglais qui disposaient d'un accès privilégié par les Indes. Les alpinistes allemands et autrichiens, tels qu'Heinrich Harrer, lancèrent des expéditions répétées afin de conquérir le Nanga Parbat. La propagande nazie diffusait les films retraçant de grandes épopées glaciaires. Dès 1934, Leni Riefenstahl, l'actrice, alpiniste et cinéaste, protégée d'Hitler, filmait *Le Triomphe de la volonté*, un film de propagande exaltant la force martiale et l'esthétique du corps commandité par le parti national-socialiste allemand.

Né d'une famille de militaires suisses originaires du canton protestant d'Aarau, d'un père « étranger devenu fils de France, non par le sang reçu, mais par le sang versé » au cours de la Première Guerre mondiale, conduire l'expédition de l'Annapurna était peut-être une manière pour mon père de combattre dans un autre domaine ; la possibilité d'en découdre avec les Allemands, les Autrichiens et les Italiens, faute d'avoir pu le faire, sauf à la toute fin dans le massif du Mont-Blanc, pendant l'Occupation ; le souhait de s'illustrer en France de la manière la plus éclatante en réussissant sur un terrain d'excellence national, la haute montagne.

Faire sa guerre ?

Le sacrifice de mon père et de Louis Lachenal allait-il permettre de restaurer un peu de l'orgueil national humilié par tant d'outrages, de la défaite française en 1940 à la France de Vichy ? Combien de souffrances supplémentaires faudrait-il consentir pour que le pays retrouve un niveau acceptable d'honorabilité, au moins à ses propres yeux ?

Sur l'écran, les images dramatiques de mon père et de Louis Lachenal, leurs extrémités enveloppées par leurs pansements, portés avec adresse à dos de porteurs tout le long d'une descente misérable de l'Annapurna, puis un long voyage de survie dans les brouillards du Népal jusqu'à New Delhi, m'inspiraient de l'étonnement, puis de la compassion mêlée d'une indicible consternation. C'était un sommet à l'envers. Mon père commentait lui-même son sort, le vainqueur de l'Annapurna porté à dos d'homme « comme un enfant ». La décrue après la grande euphorie, la sensation de débâcle, le malaise devant une tragédie transformée en victoire, ce grand quiproquo n'en finissait pas de m'intriguer. La retraite de l'Expédition n'était pas portée par la brillante arrogance occidentale du début mais assurée par l'adresse et la détermination des Sherpas et des porteurs népalais, compatissants mais magnanimes devant cette punition somme toute divine. Enlever l'usage de ses pieds et de ses mains à un homme ne pouvait qu'être le signe d'un divin courroux sanctionnant un homme qui s'était pris pour un dieu. Je vois encore à la Tournette, notre maison à Chamonix, dans les années 1970, Ang-Tharkey nous rendant visite me livrer son sourire gai et édenté, lui qui avait refusé d'aller au sommet car il savait qu'il y aurait perdu les orteils sans lesquels il ne pouvait plus travailler.

Le cheminement triste de cette caravane qui se replie dans la jungle humide vers l'occident, dans l'angoisse de ne jamais le revoir ; le cauchemar d'un aigle prédateur tournoyant autour des plaies ; la traversée vacillante des rivières sur des ponts suspendus ; les piqûres de novocaïne dans l'aine ; le chirurgien riant de proposer de garder les doigts amputés dans le formol ; l'équilibre vital menacé par l'extrême maigreur ; le sauvetage qui mobilise tout être humain à proximité : Laurent portait sur l'écran des yeux immenses. Cette descente effroyable me rappelait les retraites napoléoniennes peuplées d'amputés et de rêves fracassés. La chute de mon frère n'y serait pas étrangère.

Tout cela ne pouvait être dit. Mon père projetait une image encensée de lui-même qui coupait court à toute critique. C'était un sommet politique, pas un sommet de montagne. C'était une bataille qui avait été gagnée par la France. Son intransigeance sur les conditions dans lesquelles l'Expédition s'était déroulée était absolue. Ses détracteurs étaient ignorés, leur parole vidée de toute légitimité. Nul ne pouvait porter un jugement ou contester ce mythe collectif. Il était un héros pour tout le monde, un héros national. Si la terre mentait, la montagne, elle, ne nous mentirait pas.

7

On regardait toujours Laurent, lui ne savait regarder personne. Il paraissait indifférent à son environnement et aux autres. Une mèche châtain clair caressait son front plein d'enfance et ses yeux incrédules. Son visage n'était habité d'aucune expression particulière, ses lèvres, légèrement entrouvertes, ne dessinaient aucune parole. Son regard s'était perdu dans un horizon mystérieux que je cherchais à cerner. Petit, il connaissait des épisodes de somnambulisme qui provoquaient l'hilarité des tablées familiales, avides de fabriquer des étiquettes aux enfants. Laurent était toujours dans la lune. Se tenant droit dans son fauteuil, une jambe croisée sur son genou, il semblait attendre un grand destin inévitable, dérouté qu'il n'arrive pas tout de suite.

Mon père distillait des attentes démesurées. La vie de son fils aîné serait à l'image de celui qui avait conquis l'Annapurna : une mythologie. On évoluait donc à des altitudes extrêmes et une agitation euphorique régnait autour du petit Laurent comme lors de la cérémonie de baptême d'un paquebot transatlantique, lancé en grande pompe pour une longue traversée. Qui aurait noté, alors, les quelques degrés d'écart de lancement par rapport à la destination prévue ?

Laurent bénéficiait à mes yeux d'un prestige inouï. Ses goûts, ses élans ne souffraient aucune contestation. Rien n'aurait pu entamer mon adoration et j'enviais tout ce qu'il représentait pour mon père dont il était devenu l'héritier. L'héritier de sa légende. Une étoile, certes isolée dans la constellation, mais que je suivais avec la foi d'un berger, indifférente à tout ce qui aurait pu diminuer son éclat. Je manifestais un mépris furieux à toute personne, copain désobligeant ou adulte ironique, qui osait tourner en dérision ses propos ou ses manières lorsque à dix ans, il prétendait déjà qu'il serait ministre. Laurent ne se comportait que par anticipation des espoirs que l'on plaçait en lui.

Nous étions, dans le même temps, en proie à une rivalité constante. J'étais la subordonnée dans cette répartition des rôles, nous avions tous deux compris cela dès le départ. En vassale indignée, je le concurrençais sur tous les fronts et par tous les moyens possibles, sans remettre en question la pertinence de ses choix.

Il était devenu le maître de notre maison face à deux femmes, ma mère et Armandine, et à une petite fille, moi. Armandine était une variation moderne des femmes de chambre illustres qui avaient servi mon arrière-grand-mère et ma grand-mère maternelle, constituant une sorte de lignée parallèle à l'officielle. Pour des raisons tant idéologiques que matérielles, ma mère ne pouvait se permettre qu'une version déclassée de ces femmes de chambre qui avaient consacré leur existence, leur temps, leur affection, leur santé et en général leur raison à veiller sur ces « femmes du monde » issues de la Belle Époque.

Jusqu'à la fin des années 1960, Louise était le rouage central qui avait valu à mon arrière-grand-mère d'être coiffée, chaussée, assistée dans toutes les tâches lui permettant de devenir, dès le pas franchi de son hôtel particulier, madame Eugène Schneider. Marguerite avait pris le relais auprès de May. Pendant les vacances ou les week-ends, je tombais parfois sur ces vieilles filles affolées rasant les murs des couloirs, appelées à des devoirs aussi impérieux qu'incompréhensibles alors même que leur temps était passé, leur maîtresse disparue depuis des années. Les avait-on même jamais averties de sa disparition ? Elles ne mourraient jamais. Le regard halluciné, elles marmonnaient toutes seules des consignes sans se douter qu'elles étaient observées. J'entendais leurs petits pas saccadés et le claquement de leurs semelles, guettant leurs apparitions fantomatiques dans le dédale du château d'été. Les cheveux striés de gris rassemblés en un petit chignon, le contour des yeux rougi et cerné, les paupières qui n'avaient jamais connu le maquillage, l'orgueil de leur abnégation égalait leur pâleur anémiée.

Elles détestaient les enfants qui venaient empiéter sur leur domaine et leur rappelaient tout ce qu'elles avaient sacrifié à leur sultane. Vêtues d'une blouse bleue et d'un petit col de dentelle blanche, sans âge car sans rides, ayant toujours vécu dans l'obscurité profonde, elles ressemblaient à des poissons décavés que l'on photographie par une chance extraordinaire et qui n'ont pas subi le passage du temps faute d'exposition à la lumière. Je tentais d'imaginer leur corps pour qu'elles prennent vie, pour les dater, mais rien, absolument rien de charnel ne me venait à l'esprit. Elles s'étaient vidées de leur substance dans une sorte de transcendance au profit des femmes qui, elles, appartenaient au « monde ».

Marguerite montait la garde devant le boudoir de ma grand-mère et ne tolérait ma présence qu'avec une irritation courroucée, ayant le sentiment de faire une concession majeure. Le jeu de sentiments exclusifs qui liait ces femmes, l'une dominant l'autre sans le savoir, prenait parfois un tour violent dont je surprenais des éclats de voix vindicatifs certains après-midi d'été, ou pendant la longue matinée inoccupée où l'on devait attendre le signal pour partir déjeuner au bord de l'étang de la Planche-Chevrier. Marguerite avait assisté à des échanges, à des rencontres, et savait des choses qui la rendaient à la fois indispensable et dangereuse.

Ma mère avait recruté Armandine en 1976, après s'être séparée de mon père. Bretonne, Armandine avait passé son certificat d'études à l'âge de douze ans et n'avait cessé de travailler depuis lors. Il ne lui restait plus qu'un poumon à la suite d'une pneumonie. Elle prenait son service à cinq heures de l'après-midi, revêtait sa blouse et promenait dès le retour des courses son visage émacié et des lèvres pincées à l'office et à la cuisine. Pour contenter ma mère dont elle cherchait à satisfaire l'orgueil domestique pauvrement assumé, Armandine appelait mon frère « Monsieur Laurent » ou « Monsieur votre frère », ma mère, « Madame votre mère » et j'étais désignée à la compagnie sous l'appellation « Mademoiselle Félicité ». Armandine, la cuisinière aux trois plats (escalope de veau aux champignons, bœuf carottes et ratatouille), vénérait mon frère aîné, reconnaissant la subtile hiérarchie de pouvoir qui nous avait été implicitement assignée. Dans notre cuisine donnant sur l'arrière-cour, tournant sa cuiller en bois dans sa casserole, elle et moi nous regardions en chiens de faïence. « Laissez Monsieur votre frère finir son dîner tranquillement ! » glapissait-elle tout en faisant tournoyer ses ustensiles alors que nous nous disputions pour avoir la meilleure part.

Nous nous enfoncions insidieusement dans la solitude de l'enfance et un *spleen* postconjugal. Dans la voiture, je me tournais pour regarder ma mère qui était venue me chercher à l'école. Les cheveux défaits qu'elle avait coupés comme pour se punir, la mâchoire serrée, les yeux absents, elle conduisait une Renault 5 nouvellement acquise tel l'automate de *La Dame de pique* qu'elle m'avait emmenée voir à l'Opéra Garnier. L'intellectuelle lumineuse, sensuelle et affranchie de toutes conventions, élève et compagne passagère de Merleau-Ponty et de Lacan, n'était plus qu'un astre éteint.

C'est mon père qui avait interrompu son élan vital et altéré son rapport au monde. Flatté lors de leur rencontre par sa culture, basculant de l'histoire aux arts avec une curiosité et une agilité permanentes, il s'était senti au cours de leur mariage mortifié par son intelligence encombrante. La sensibilité à outrance de ma mère complexifiait toute question et offrait un défi permanent au pragmatisme. Son ambivalence sociale la trahissait. Déesse de l'Olympe, elle aurait voulu devenir bergère pour un temps, le prenant pour un jeu de rôle tacite. Elle exerçait naturellement un magistère intellectuel et moral dont il n'avait que faire, incapable d'en devenir l'interlocuteur. En retour, il l'avait trompée et humiliée. Puis quittée. Sa confiance en elle-même s'était alors dissoute, presque organiquement, ne lui laissant plus que l'amertume.

Laurent s'enfermait des heures durant dans sa chambre et n'en sortait que pour manifester une hostilité croissante. Il était, d'abord exclusivement à mon égard puis avec les autres, d'une agressivité stupéfiante. N'importe quel incident, n'importe quelle aspérité dans nos vies, que ce fût un cadeau ou de meilleurs résultats scolaires, pouvait déclencher une brutalité animale. Mon comportement devait, par conséquent, me rendre invisible. On apercevait l'ombre hagarde d'Armandine, terrée derrière les portes. Après toute éruption de violence, Laurent se reprenait et composait avec le savoir-faire que donnent quelques années de plus, présentant les choses sous un jour normal. N'était-ce pas sain, presque incontournable, pour un frère ou une sœur de s'affronter durement ? Les adultes ne devaient pas s'en mêler, la nature faisait si bien les choses. Chacun compatissait sur mon sort avec un large sourire.

Ma mère finissait par arriver comme la cavalerie, invoquant Rousseau et Nietzsche, intercalant vainement une thèse ou un Guide bleu sur l'Inde du haut de ses escarpins. Son intervention évidemment inutile s'achevait par des larmes. Elle expliquait entre deux sanglots que nous étions des enfants Herzog, cette violence issue d'une filiation mystérieuse avec les conduites à risque en haute montagne, les familles populaires et la Suisse alémanique originelle. Dans d'autres circonstances, notre père ripostait en dénonçant notre incapacité en tant qu'enfants Brissac à débarrasser la table, notre intellectualisme et notre arrogance de classe.

Le comportement de mon frère n'était néanmoins jamais condamné, ses coups restaient éternellement impunis et j'étais toujours placée devant le fait accompli. Je le haïssais tout en l'adulant, ne sachant que lui souhaiter – la gloire, la mort ou les tourments les plus cruels. J'avais donc admis que je devais composer avec une inégalité de traitement croissante, comme si ma mère considérait qu'il fallait le sauver lui alors que j'étais tirée d'affaire parce que je faisais le pitre, lisant sans arrêt et montrant de la compétitivité dans tous les sports. Je me coulais donc dans n'importe quelle organisation, colonie de vacances, poney-club, librairie de quartier, famille amie, n'importe quelle communauté convenait pourvu qu'on me sorte de ce bateau ivre.

Nous étions élevés comme des enfants sauvages dans un grand appartement du XVIe arrondissement nord. Notre état sanitaire et vestimentaire, nos devoirs d'école, notre alimentation, nos fréquentations n'étaient pas portés à la hauteur des questions susceptibles de détourner notre mère de ses pensées sur Spinoza, Kant et l'ashram de Sri Aurobindo. Seules importaient nos éventuelles aptitudes aux lettres et au plaisir charnel, promu comme une sorte de sport, impliquant nécessairement un corps athlétique et la levée de toute inhibition judéo-chrétienne. Jane Fonda venait de lancer une méthode révolutionnaire de gymnastique, *The Jane Fonda's Workout*, que nous entreprenions d'appliquer le week-end. Dans la même veine méthodologique, des ouvrages sur l'apprentissage du sexe, censés faire de tout individu sur terre un jouisseur accompli, nous parvenaient de la côte Ouest des États-Unis.

Être adulte, c'était formidable. Il me tardait de sortir de l'enfance. L'optimisme généré par les années 1970 sur les progrès techniques et humains paraissait ainsi inébranlable : l'humanité progressait perpétuellement vers le plaisir, la liberté et l'égalité des êtres. C'est à la directrice de l'école que revenait donc le soin de me couper les ongles devant la classe hilare parce que j'avais griffé une chipie dans la cour de récréation.

Tous ces préceptes semblaient s'incarner dans la personne du professeur de gymnastique de ma mère, une ancienne nageuse autrichienne à l'œil d'aigle, les cheveux coupés ras et l'accent teuton, qui visait mon thorax d'un air réprobateur.

« Zette petite fiille, Marie-Pierrrreu, a bezoin d'élarrgir zes pomons ! Il phaut k'helleu z'exerze à la pizine ré-ku-liè-rre-ment et fazeu des lonkeurs de brazeu koulée ! ! »

Elle s'approchait de moi, ses grandes mains malaxant mes épaules, jaugeant mes dorsaux de mouette.

« Helleu n'a paas le dô azé mouzzclé ! ! Rekardez, Marie-Pierrreu, ze n'est pas pozibleu, hella uneu minuzkuleu cajjeu thoraxikkeu !

— Mais voyons, Ingeborg, elle va avec l'école chaque mercredi à la piscine Molitor !

— Ze n'est pas zzouffizant ! » tonnait Ingeborg, ce qui était superflu compte tenu de sa carrure véhiculant des sonorités de morse.

La volumétrie de cette femme-homme tétanisait notre entourage mais ma mère n'en finissait pas de louer son athlétisme et sa vigueur. Elle l'invitait à nous accompagner de temps à autre en vacances dans le Berry. Un soir, Ingeborg avait proposé de me masser le ventre pour m'endormir. Dans ma chambre, elle produisit un effet soporifique miraculeux. Je m'étais évanouie de sommeil à sa seule vue.

Si au long de l'année scolaire, nos ongles étaient noirs, nos cheveux crasseux, le tube de dentifrice éventré sur le bord du lavabo ressemblait à un vieil hydravion sur le flanc, nos cahiers de textes inertes sur nos bureaux, notre alimentation bornée aux chewing-gums Hollywood, la télévision tardive devenue depuis longtemps notre « TV-sitting », notre conscience politique dans le confinement social dans lequel nous évoluions était, en revanche, paradoxalement stimulée. En novembre 1977, ma mère nous avait convoqués solennellement devant le poste de télévision afin de visionner l'arrivée à Jérusalem d'Anouar el-Sadate, accueilli à sa descente d'avion par Menahem Begin qui déclara le lendemain : « Le temps de vol entre Le Caire et Jérusalem est court, mais la distance fut jusqu'à hier infinie. » Les yeux humides, ma mère ne cessait de répéter cette phrase les jours suivants avec des accents pleins de fièvre, sans que nous sachions pourquoi et en quoi ce Proche-Orient nous était si proche.

Aussi, revenant de chez les Parents un dimanche en voiture, je lui demandai sans penser à mal pourquoi elle s'intéressait tant au destin du peuple juif. Je me tournai vers elle et, à mon étonnement, elle se brisa en sanglots. Elle était devenue une pauvre petite femme incapable de parler, recroquevillée sur le volant. Elle arrêta la voiture à la va-vite sur le bord d'une départementale de campagne. Je ne savais que penser – comment réagir à cette seconde furtive ? – de ma mère que j'aimais, cherchant à trouver dans l'émotion rapide la bonne réponse, comme quelqu'un qui doit prendre une décision lourde, irrévocable dans un moment d'action décisif. Je voulus la prendre dans mes bras d'enfant, lui dire que je la comprenais mais c'était sans saisir cet incroyable chagrin qui l'avait envahie ou alors seulement quelques bribes qui me parvenaient d'outre-temps. Je ne savais plus comment, moi, la consoler, elle adulte, et que penser de ce peuple qui faisait soudain irruption dans nos vies et qui était l'objet de tant de honte et de curiosité à la fois.

8

L'école était une suite de batailles qui se succédaient dans le même champ. Pour certaines d'entre elles, la victoire était acquise, l'absence d'enjeu me plongeait dans la torpeur. Pour d'autres, elles m'apparaissaient inaccessibles et je leur vouais une superbe indifférence. Un immense ennui obscurcissait ma vie scolaire, mon esprit s'échappait de tout embrigadement académique. Je me fondais dans la troupe de petites filles en uniforme qui ânonnaient des cantiques avant et après le déjeuner dans le réfectoire, encadrée par les sœurs gardant l'œil sur ce petit canard boiteux.

Laurent et moi avions été casés dans ce système scolaire qui avait donné à notre mère les armes de son émancipation au sortir de la guerre. C'était la découverte de la philosophie au collège Sainte-Marie au début des années 1940 qui ouvrit la brèche. Mais notre mode d'éducation quarante ans plus tard, encore singulier et atypique – nous étions des spécimens, pratiquement les seuls enfants de parents divorcés de nos écoles –, nous éloignait insensiblement de l'état d'esprit encore traditionnel de cet univers. En 1979, les événements de mai 68 semblaient n'avoir jamais atteint les pavés de la place du Trocadéro. Pendant l'étude, je lisais discrètement *La Comtesse de Cagliostro*, dont la couverture figurait un homme en smoking, Arsène Lupin en gentleman cambrioleur, contenant de ses mains la poitrine de Joséphine Balsamo succombant dans ses bras. Pendant ce temps, mes petites camarades lisaient la Vie des saintes. Créant sans le vouloir un attroupement dans la salle d'étude, je fus convoquée dans le bureau de la directrice, brandissant avec indignation le volume au caractère séditieux. Puis, on me suspecta d'avoir falsifié la signature de ma mère sur un carnet de notes : celle-ci avait eu le tort de changer sa signature après avoir obtenu le divorce.

Lors d'un concours libre de poésie en classe, ma mère, enchantée à l'avance de l'accueil suscité par une idée si audacieuse, me suggéra de déclamer un passage célèbre de *La Nausée*. Succédant aux élèves en uniforme qui avaient récité, debout sur une table, une fable de La Fontaine ou un poème de Victor Hugo, je m'avançai, telle une condamnée à mort sur la planche d'un vaisseau et, fixant une excroissance imaginaire incarnée par une latte du parquet de la salle de classe, m'écriai devant le professeur interdit : « Donc j'étais tout à l'heure au Jardin public. La racine du marronnier s'enfonçait dans la terre juste au-dessous de mon banc. Je ne me rappelais plus que c'était une racine. Les mots s'étaient évanouis et, avec eux, la signification des choses, leurs modes d'emploi, les faibles repères que les hommes ont tracés à leur surface. J'étais assis, un peu voûté, la tête basse, seul en face de cette masse noire et noueuse, entièrement brute et qui me faisait peur. Et puis j'ai eu cette illumination. » J'étais Antoine Roquentin, vivant la Nausée autant qu'elle fut décrite par Jean-Paul Sartre, lisant l'incompréhension grandissante dans les yeux des jeunes filles ainsi que le sourire compatissant mais crispé de mon professeur de français. Il avait échappé de peu au *Que faire ?* de Lénine.

J'admirais ma mère, si différente des autres, exemplaire dans ses choix de vie, idéaliste, refusant toute compromission de carrière ou de confort. En un mot, libre. J'adhérais donc à n'importe laquelle de ses idées, y compris les plus saugrenues, avec enthousiasme. La parole de ma mère était d'or. Mon frère devait vivre beaucoup moins bien cet affranchissement des conventions et des mœurs qu'il lui reprocha plus tard avec une sévérité pathologique. Un jour, tout de même, une dénommée sœur Marie-Ange m'interpella à la sortie d'une classe en me demandant si, à la suite de ces différentes expériences initiatiques, j'envisageais à ma majorité de me livrer à la prostitution.

Poursuivant ma stratégie d'évitement du péril domestique, je me faisais donc adopter par toute structure d'accueil, quelle qu'elle fût. Un de mes lieux d'adoption préférés était une librairie de quartier tenue par un couple attendri qui ne savait plus que faire de cette enfant trouvée.

Peu avant la rentrée des classes en janvier 1979, je quittais ce refuge rue du Faubourg-Saint-Honoré afin de rentrer à notre nouveau domicile en passant par l'avenue Hoche. Au feu rouge, je vis une lourde Jaguar s'arrêter après une série d'à-coups de l'autre côté de l'avenue. Un homme à la mine bronzée et aux joues replètes, vêtu d'un manteau matelassé avec un long col de fourrure, en sortit et courut vers moi à ma stupéfaction. Un ami de David Hamilton, se présenta-t-il, d'un ton on ne peut plus aimable.

« Souhaiterais-tu poser pour ce grand photographe qui travaille pour les magazines de mode ? Tu as une silhouette et un visage qui plairaient à David, j'en suis sûr. Est-ce que cela t'amuserait ? Tes parents vivent-ils dans le quartier ? » dit-il, essoufflé mais souriant doucement, ému comme un agneau, sortant un petit calepin soigné de ses mains gantées.

J'acquiesçai timidement, ravie, moi la dernière de la classe féminine, ne pensant qu'à jouer à la balle au prisonnier, moquée par mes petites camarades pour ma tenue notoirement négligée et ma coupe de cheveux ingrate à la Jeanne d'Arc. Je ne savais pas qui était ce David Hamilton mais j'étais favorablement impressionnée par les manières rassurantes de grand seigneur de son ami et par son col de fourrure blanche qui n'était pas sans me rappeler celui d'un évêque. Il me proposa donc de me raccompagner chez moi afin d'en toucher un mot à ma mère, ce qui me semblait une juste et raisonnable proposition.

Mais celle-ci assise dans le salon, prenant comme souvent l'après-midi une flûte de champagne en lisant *Le Monde* avec une attention tout idéologique, prête à signer des pétitions qui se seraient présentées en faveur de grandes causes politiques, ses fines jambes délicatement croisées de biais, l'accueillit avec une politesse glacée qui laissait augurer le pire. Aux discours de miel du tentateur, elle partit sur ses grands chevaux, oubliant tout progressisme libertaire. Les épaules de son tailleur parfaitement droites, un port de tête évoquant Phèdre, le menton sans merci, elle toisa le malheureux et lui tint un discours du même ton que s'il s'était agi d'enseigner la *Phénoménologie de l'esprit* à une classe de khâgneux :

« Dans nos milieux, monsieur, les jeunes filles ne se laissent pas photographier. Sachez que nous appartenons à une des plus grandes familles de ce pays, qui a compté quatre maréchaux de France. Pensez-vous vraiment que nous livrons nos filles à de telles activités ? Votre proposition serait seulement inacceptable si elle n'était en outre suggestive : elle est simplement intolérable ! »

Les joues épaisses de l'homme devenaient, minute après minute, gélatineuses et cramoisies. Il tenait son calepin nerveusement, croisant ses mains, ramené à la condition de commis de cuisine transpirant devant une marâtre. Ma mère continua sur sa lancée, montant le ton alors que je disparaissais sous le fauteuil :

« Et puis, monsieur, avez-vous seulement conscience que les photos de monsieur Hamilton représentent l'exploitation de la Femme par l'Homme ? Jamais ma fille ne sera votre proie ! Jamais ma fille ne deviendra une cocotte ! Je vous interdis de l'approcher à l'avenir et si vous le faites, je vous avertis, je n'hésiterai pas à prévenir le ministère de l'Intérieur où j'ai des relations haut placées ! Edgar Faure est un ami intime ! »

Ce destin avorté, il restait les Champs-Élysées où nous allions au cinéma, Laurent et moi, certains mercredis, accompagnés de ses camarades d'école, des garçons de treize ans qui me subjuguaient tour à tour avec leur beauté préadolescente, leurs fragments noisette dans l'iris, leur mèche de cheveux irrésistible et rebelle, un zeste d'enfance émanant des ailes du nez, leurs taches de rousseur éparpillées sur les joues, le dessin exquis de leurs lèvres, le menton un peu frondeur, leurs moues à la Jean-Pierre Léaud, leurs blagues, leur entrain de compagnons équipiers. Ils se gaussaient et taquinaient mon frère : « On ne peut pas approcher Félicité, Laurent est amoureux de sa sœur ! » Laurent, un sourire en coin, se réfugiait dans une réserve d'aîné et je continuais donc à papillonner, trouvant toujours chez l'un ou chez l'autre quelque chose d'absolument unique qui me charmait. Je ne savais d'ailleurs plus du tout vers qui me tourner, ni pourquoi, saisie de vertiges dans un tel festival de sensations. C'est dire la félicité que j'éprouvais à être la seule fille entourée de tous ces garçons, de trois ans mes aînés.

Une fois arrivée devant un cinéma, un jour d'octobre 1979, j'eus cependant une déconvenue horrible : le film que nous projetions de voir était interdit aux moins de douze ans. Un film dont tout le monde vantait à voix sourde la puissance des scènes, la violence du scénario, l'odyssée personnelle des acteurs ainsi que du réalisateur et qui parvenait enfin sur les écrans français, précédé de l'aura des tournages désespérés et hors du commun. *Apocalypse Now* venait de sortir et l'ouverture filmant un essaim d'hélicoptères chargeant le Vietnam sur la Chevauchée des Walkyries, dénonçant l'exaltation guerrière des Américains, galvanisait le public autant qu'un match de football pendant la Coupe du monde. Mes jeunes protecteurs s'étant engouffrés dans la salle, je me retrouvais orpheline sur cette grande artère animée qui m'apparaissait maintenant pleine de dangers. Remontant la rue Balzac, je finis néanmoins par trouver refuge dans une salle de cinéma dont la séance prévoyait la reprise d'une vieille comédie en noir et blanc : *Noblesse oblige*.

Si quelqu'un avait été à proximité dans la salle – mais nous n'étions que quelques rares spectateurs concentrés sur l'écran, disséminés par rangées –, il aurait pu constater la stupeur sur le visage d'une petite fille de dix ans, à lunettes rectangulaires, secouée de rires solitaires en découvrant cette histoire d'héritier anglais qui venge sa mère, déclassée par sa famille aristocratique à cause d'une mésalliance avec un pauvre chanteur italien, Mazzini, son amour de jeunesse. Éliminant un à un ses rivaux dans l'ordre de succession à coups de ruses aussi iniques que rocambolesques, il parvient finalement, tout en contant son récit sur un ton imperturbable, teinté d'un humour noir et désenchanté, à récupérer le titre et le château de famille, jusqu'à un ultime acte manqué. L'oubli de ses Mémoires, écrits dans la nuit dans sa cellule, laissés sur sa table en claquant la porte de la prison alors qu'il est innocenté d'un crime qu'il n'a pas commis et qu'il est insoupçonné pour tous les autres, infiniment plus nombreux et plus graves, me comblait.

Les rapports sociaux dans l'Angleterre du début du XXe siècle ainsi que la risible arrogance de la maison ducale d'Ascoyne-Chalfont étaient tout aussi caricaturaux que les nôtres. L'aîné, investi de la responsabilité de la branche mâle, perdu dans la vacuité d'une partie de chasse, le cadet, cabot dilettante et photographe artiste à ses heures, le bas-bleu suffragette allant en prison pour sa participation à des manifestations féministes, le plus jeune des garçons servant le clergé. Tout cela joué par Alec Guinness. Mais aussi la jeune veuve éplorée ne négligeant pas ses intérêts, la cocotte sémillante et vulgaire, rouée, finalement perdue : rien n'y manquait. C'était la fable de la vie de ma mère. Quel génie national et personnel avait-il pu rendre compte si justement, si spirituellement, et à distance, de son histoire ? Quelle culture étrangère pouvait restituer avec une telle véracité des turpitudes de la société française ? Je tombais amoureuse de l'Angleterre. Dennis Price était devenu mon frère d'écran. Je me promis donc d'épouser un jour un Anglais doté du même flegme, triomphant des farces de l'existence.

9

Les manifestations de rage de Laurent, ses projets toujours démesurés, ses accès de colère sans limites se répercutaient de mur en mur dans notre appartement haussmannien – une sorte de remise à peine repeinte, précipitamment louée lors de la vente de la maison blanche de la rue Jean-Richepin –, des cris dont je percevais la détresse de jeune animal blessé, le cœur serré mais verrouillé, en voisine de chambre méfiante, en voisine de palier incapable d'intervenir, en spectatrice sans illusions guettant ces incidents terrifiants de l'intimité familiale qui se multipliaient de jour en jour, de mois en mois, année après année. Je ressentais pour Laurent une compassion sans détour. « Pourvu que cela passe », pensait-on. Sa vulnérabilité apparaissait évidente dès qu'il était au contact du monde extérieur. Face à la moindre manifestation de violence, il était si émotif qu'il se blottissait derrière les fauteuils. *Apocalypse Now* l'avait pétrifié, à l'instar des films d'aventures diffusés plus tardivement le soir, quand nous nous retrouvions seuls devant le poste de télévision.

J'avais à cœur sa persistante fragilité. Le moindre épisode le diminuant, dans ses relations avec les enfants et de manière croissante avec les adultes qui n'appartenaient pas à notre cénacle, me faisait chavirer et m'obligeait à trouver mille parades. Il fallait qu'il reste un tyran debout : que serais-je devenue s'il tombait ? L'idée même de trouver un exutoire à sa violence n'était pas accessible. Un jour néanmoins, je mentionnai à ma mère l'éventualité de vivre chez mon père, ce qui représentait un summum dans la compromission familiale. Une réaction initialement joviale, témoignant de la grande ouverture d'esprit de cette adepte de Françoise Dolto pour laquelle les enfants ne sont pas la propriété de leurs parents, vira au mélodrame maternel silencieux.

Parfois, le comportement de Laurent s'améliorait sous l'effet du sport car il était un enfant doué de capacités physiques exceptionnelles. Nous n'étions pas envoyés au Racing-Club du bois de Boulogne : ma mère, abhorrant toute discrimination sociale, aurait évidemment considéré toute sujétion à ce club élitiste comme un parjure idéologique – alors que ma grand-mère aurait simplement jugé le Racing-Club du bois de Boulogne improprement chic, très probablement vulgaire car, à ses yeux, fréquenté par de nouveaux riches en pleine ascension sociale. Pour nous, le vrai stade du Racing, c'était celui de Colombes qui n'était pas encore devenue une banlieue bourgeoise. Celui où venaient s'entraîner les enfants et les jeunes athlètes des banlieues, rêvant de participer aux Jeux olympiques de 1984 qui allaient se dérouler huit ans plus tard. Ce que May, imprégnée d'une anglophilie militante et des idées sportives d'Ella Maillart dont elle avait contribué à financer les expéditions dans l'entre-deux-guerres, voyait du meilleur œil : un esprit sain dans un corps sain. Ma mère et ma grand-mère finissaient donc, enfin, par se rejoindre sur le terrain du sport.

Nous concourions régulièrement aux compétitions de football et d'athlétisme dans les stades de la région parisienne : 50 mètres haies, 300 mètres, saut en hauteur. Monsieur Perrin, l'empereur du stade de Colombes, l'entraîneur des espoirs français, massait les mollets des footballeurs et des sprinteurs à côté desquels je m'exerçais au 50 mètres haies avec les filles de la banlieue que je découvrais. Sensible à la beauté des hommes, j'admirais les perchistes qui couraient et s'élevaient à la manière de chevaliers modernes.

Le reste du temps, j'avais développé, pour survivre à la trouble violence de Laurent, à ses colères, à ses vendettas et à notre solitude, une stratégie : la fuite par la lecture. Constamment absorbée par le récit d'aventures, de mythologies, de contes, j'y étais assurée de ne provoquer personne. Mon livre était mon compagnon d'infortune. Après le dîner, nous nous retrouvions seuls, notre mère sortie et Armandine, l'ultime témoin, partie. Je ne sortais plus de ma chambre dans les couloirs de notre sombre appartement où Laurent pouvait rôder dangereusement.

Le jour où Arsène Lupin entra dans mon existence, ma vie terrestre n'eut simplement plus aucune prise sur ma vie imaginative. Si les lecteurs ont sept vies comme les chats, j'en vécus une entière à voyager entre le pays de Caux, la campagne de l'Allier, les bords du Rhin et de la Moselle. Face aux mystères, aux énigmes insolubles, aux assassins fous et aux belles criminelles, rien n'était vraiment grave puisque Arsène Lupin surgirait en héros de papier, un être supérieur qui résolvait toute énigme par une capacité de raisonnement sans précédent et par une dérision désopilante à travers un répertoire personnel de « gamineries » et d'identités pittoresques.

« — À merveille, ricana le prince… nature sensible… impressionnable… Actuellement, le cerveau est désorbité… Allons, l'instant est propice… Mais si je n'enlève pas l'affaire en vingt minutes, il m'échappe… »

Tour à tour la demoiselle aux yeux verts, la femme aux deux sourires, j'endossais des rôles flatteurs et gratuits qui me subtilisaient au fracas fraternel. La série des Arsène Lupin fournissait en outre une utile carte du temps et du monde. Des lieux stupéfiants servaient les grands desseins humains. Tout événement, naissance, crime ou énigme, était le produit d'une antériorité lointaine, étirant le temps de manière infinie. Des drames extraordinaires se déclenchaient de manière collatérale sous la pression de ressorts humains occultés, irrésistibles, nés le plus souvent des grands conflits européens. La Petite Histoire expliquait toujours la Grande. Elle se rappelait à tout moment à notre souvenir. L'homme contrôlait le temps ainsi que la nature. L'arrivée de Rolande dans *L'Aiguille creuse*, dont le léger déhanchement émouvait mon héros, mit au désespoir ma passion amoureuse.

La perspective qu'Arsène Lupin fût le produit de l'imagination d'un écrivain était inadmissible. Je ne voulais entrer à aucun prix dans ce qui aurait pu me sortir de cette fiction. Le dernier des ouvrages, pourtant, trahit cruellement mon pacte de complicité imaginaire.

L'Île aux trente cercueils me ramena, malgré moi, dans un enfer dont je voulais sortir. En sixième, dans mon institution pour jeunes filles catholiques, j'étais restée un après-midi à la maison pour lire, prétextant un rhume, enfermée dans ma chambre en écoutant une réédition du 33 tours du *Sergent Pepper* des Beatles sur un pick-up rouge que ma mère m'avait acheté au Bon Marché. Dès les premières pages, je compris que ce dernier livre était d'une autre nature. Une séquence dantesque de meurtres et de trahisons progressait inexorablement sur l'île bretonne de Sarek selon un ordre tout aussi inéluctable que tragique. Une chambre redoutable, dont le sol basculait selon des mécanismes complexes et souterrains, mettait à mort ses occupants après les avoir soumis aux pires cruautés. Plus rien ne correspondait à la logique morale constamment démentie par de noirs calculs. Les personnages dont on attendait la grande retenue se comportaient dans les faits de manière monstrueuse.

Une scène ultime m'achevait : deux enfants, demi-frères révélés brusquement l'un à l'autre lors de ce coup de théâtre insulaire, dotés d'une gémellité physique quasi parfaite, se battaient à mort sous les yeux de leurs mères dans un combat organisé par leur père mythomane et pervers, le comte Vorski. L'un des enfants, François, courageux et vertueux, était l'opposé de son demi-frère, Raynold, haineux et de surcroît entraîné à tuer. Pétrifiée par cette scène, je ne pouvais plus seulement toucher des doigts les pages d'un tel livre qui n'était de fait plus un livre mais un objet toxique qui vivrait dorénavant son sort indépendamment du mien. Même l'arrivée de Don Luis Perenna, un nouvel avatar de Lupin, ne suffit pas à compenser le trouble suscité par cette séquence macabre. C'était la fin de ma passion pour Arsène Lupin, gentleman cambrioleur. Maurice Leblanc avait poussé le bouchon de cristal trop loin.

10

Un bonhomme avec un fort accent d'Europe centrale venait parfois livrer une génoise au chocolat du pâtissier Sineau de la rue de la Tour avant de se volatiliser *illico presto*. Dessiné comme un personnage de Sempé, trapu, vêtu d'un tablier bleu marine, le visage buriné, il portait une longue suite de numéros sur son avant-bras court et puissant. Je le remarquai furtivement un jour, mon regard croisa le sien, bleu acier, en un éclair. Interloquée, je partis sur-le-champ demander une explication à ma mère après avoir posé délicatement la génoise sablée sur la table de la cuisine.

« Pourquoi est-ce que le monsieur de Sineau a des numéros sur le bras ?

— Ah ! C'est un ancien déporté », m'avait répondu ma mère en levant le sourcil comme s'il lui avait fallu attendre longtemps avant que je ne lui pose cette question.

Elle prit son ton de pédagogue en chef.

« Les déportés sont des hommes, des femmes et des enfants qui ont été envoyés pendant la guerre dans les camps en Allemagne ou en Pologne dans des trains, des “trains de la mort” comme on les a appelés, parce qu’ils étaient juifs, tziganes, résistants ou simplement malades mentaux ou infirmes à éliminer selon la théorie nazie de la pureté raciale et de l’homme aryen. Des trains français, ajoutait-elle, toujours soucieuse d’exactitude historique. Des camps, c’est-à-dire des prisons où on faisait mourir les gens, sauf s’ils se sauvaient avant. Avant qu’on ne vienne les prendre chez eux. Lui, c’est certainement un juif polonais qui a survécu aux camps. Il a réussi à échapper aux chambres à gaz. On leur disait d’aller dans des salles pour prendre une douche et on les y tuait. Tu comprends ? »

Ma mère avait le don d’utiliser des formulations entières, employées d’une traite, sans vraiment les expliquer autrement que par le moyen d’un *Que sais-je* verbal. Je préférais donc les élucider moi-même : chambres à gaz, homme aryen, trains de la mort, déportés. Je regardai le palier vide avant de refermer la porte. Des traces troublantes de fuite, de mort et de passé restaient suspendues au sillage du livreur. Au beau milieu d’une nuit, je me réveillai en sursautant dans un entrechoc de rails : des numéros recouvraient mes bras et permutaient à toute vitesse.

Les « déportés » étaient désormais un peuple à part. Plus insulaires encore que les Anglais, ils étaient différents, ils vivaient sur une sorte d’île temporelle. Ils avaient connu d’autres mers comme des naufragés qu’on aurait laissés dériver indéfiniment sur des embarcations de fortune, incrédules et muets, portés par des courants plus ou moins favorables et mourant le plus souvent, faute de nourriture et d'eau douce, comme dans les passages les plus cruels de *Robinson Crusoé* où le héros cherche d'abord sans succès à regagner la civilisation. Des gens qui avaient connu d'intenses souffrances, qui avaient été volés de leur propre vie et qui en étaient revenus par miracle en effectuant consciencieusement des tâches normales comme celle de livrer des génoises au chocolat. Le regard intense du livreur qui revenait de si loin suscitait chez moi des interrogations sans réponse.

Petit à petit, je commençais à prendre conscience qu'il y avait des choses que l'on m'avait dites et d'autres pas. Une autre existence avait précédé la grande réconciliation dont nous étions les petits protégés. Tel un navire sortant des eaux agitées de la mémoire, la période de la guerre émergeait lentement dans une ambiguïté troublante, peuplée de héros, d'écrivains plus ou moins maudits, de femmes à la beauté déifiée par les drapés de madame Grès, de complicités amoureuses interdites et de massacres indicibles. Le regard de notre mère déterminerait le nôtre.

La réalité historique se comparait à une côte déchiquetée par les vagues dont on n'aurait vu d'abord que le flanc maritime avec ses flots et ses ressacs agités. En 1979, le film *Holocauste* incarna à mes yeux les trains, la fuite, les comprimés d'arsenic, les cheminées, les soldats allemands. Il m'apparaissait de plus en plus ce que je ne voyais pas en premier lieu, l'inertie et la passivité de ceux qui étaient restés, ceux qui n'avaient jamais été concernés, les indifférents. Je comprenais que nous étions fautifs, à jamais responsables de cette hécatombe sur toile de néant.

« Par exemple, poursuivit ma mère de ses accents hyperprofessoraux, ta propre marraine, Geneviève de Gaulle-Anthonioz, a été envoyée pendant la guerre dans les camps. D'ailleurs, nous lui rendrons visite maintenant que tu sais ce que sont les "camps". Il est temps que tu fasses sa connaissance. C'est une sainte. Il ne faudra pas oublier de lui faire la révérence », ajouta-t-elle en guise de conclusion.

Ma mère, perdue dans l'écriture d'une thèse de philosophie et dans des aventures amoureuses aussi nombreuses que sans lendemain, ne nous voyait pas. Elle passait des Idées aux Hommes et des Hommes aux Idées, tout cela formait un magma conceptuel et charnel. Elle aimait à la manière d'une religieuse, c'est-à-dire dans un rapport de stricte adoration. Plus rien n'existait à ses yeux. Nous peuplions les stages de foot, de poney et partions pour d'interminables séjours linguistiques. Peu à peu, une doctrine se dégageait. Un beau matin, la médiocrité ou l'inadaptabilité de l'objet de cette idolâtrie se faisait jour et elle mettait fin à sa relation au terme d'une décision outragée accompagnée d'orages verbaux. Nous revenions au centre de son attention.

Numéro 1 passait entre chaque tournage de son œuvre magistrale filmée en Europe centrale et en Allemagne. Toujours à la recherche d'un kopeck, il s'affalait sur le divan, un verre de whisky à la main, et me regardait d'un air débonnaire : « Marie-Pierre, ta fille est gironde… » Rire cultivé de ma mère. Numéro 1 était un passager de l'amour, savamment négligé, la mine grise. « C'est une bête ! » justifiait-elle admirative. Les yeux écarquillés, je scrutais cet homme fatigué avec son complet fatigué, sa mine fatiguée, ses cheveux fatigués. Il évoquait des choses qui me parlaient plus que n'importe quelle théorie sur le nazisme. Par exemple, ces femmes arrivées à bord des trains à la gare de Sobibor, prenant le soin tragique de se remaquiller avant de descendre sur le quai et d'y être, sans le savoir, conduites à la mort. La marque la plus légère, l'empreinte d'un rouge à lèvres, l'ultime trace d'une civilisation perdue avant de sombrer dans la bestialité.

Numéro 1 emplissait tout de go notre univers précaire, un vagabond de la mémoire venant de l'inconnu. Il errait pendant ces années de survie d'un camp de concentration à un autre, filmant avec une audace et une ruse incroyables des nazis à peine séniles et sans remords, des habitants voisins des Treblinka et autres Dachau, qui expliquaient avec innocence qu'ils avaient senti mais pas compris, les rares survivants miraculeusement retrouvés aux États-Unis ou en Israël, presque embarrassés de leur vie reconstruite sans jamais se retourner. Leur fragilité. Leur refus de revenir au passé. Leurs dérobades. Que ne devaient-ils se faire violence pour faire tomber le masque de l'oubli et renoncer à une amnésie faussement rédemptrice ! Devant la caméra, ils conservaient un pauvre sourire humain jusqu'au moment ultime, prévisible, où leur voix inévitablement se faussait. Et ces hommes mûrs, déjà vieillis, issus de mondes radicalement différents du mien, finissaient par s'interrompre, ne pouvaient simplement plus parler en pensant à ce passé auquel ils avaient survécu et à tous ceux qui y étaient restés.

Numéro 2 était un ponte de la République zozotant, au crâne lisse comme un globe, que l'on asseyait dans un fauteuil lors des rares réceptions et qui suscitait chez ma mère la même déférence qu'à l'égard d'un vieil oncle chinois. Il fut talonné rapidement par plusieurs apparatchiks, bien trop vigilants pour prendre le risque de se donner en spectacle, de surcroît devant des enfants. Ils étaient les éminences grises de la vie amoureuse maternelle, ne venaient qu'au petit matin quand nous étions à l'école ou pendant les vacances lorsque nous étions expédiés au poney-club, et me regarderaient d'un air vaguement inquiet et suspicieux quand je les croiserais plus tard, adulte, dans les circonstances de la vie ordinaire.

Numéro 3 était un homme qui avait servi le Mossad et appelait à des heures indues sur le téléphone fixe de l'entrée. Je me jetais sur l'appareil qui tremblait sur lui-même et dégageait une sonnerie aussi stridente que la voix qui en sortait était étouffée. Elle se frayait avec peine un chemin à travers le maquis radiophonique des ciels et des fonds de la Méditerranée. Assujettie à grand mal par mon établissement scolaire pour filles de bonne famille dont on désirait faire de bonnes mères, j'étais transportée par cette voix dans un monde où les hommes et les femmes avaient des relations puissantes et libres.

D'une voix patiente, l'auteur de l'appel comprenait enfin à qui il avait affaire, et me demandait doucement de parler à ma mère avec cet accent me semblait-il plus américain qu'israélien. Ce timbre de voix, cela ne pouvait être qu'un homme châtain avec une barbe et des yeux rieurs, le visage tanné par le soleil, mince, athlétique, parfaitement courtois, un gentleman qui aurait combattu pendant la guerre du Kippour et fait un sort à des terroristes. Cette masculinité bienveillante, chimérique, fondait sur moi comme les rayons d'un soleil. Peut-être allait-il changer notre vie, peut-être me sortirait-on de mon institution !

11

En juillet, Laurent et moi étions envoyés dans le monde des Parents par la voie du rail.

Une route longeait le canal qui menait sans détours à leur château d'été dans le Cher, ponctué par une écluse tournante. Cette route n'était pas qu'une frontière physique avec le monde moderne. Elle était devenue pour moi rituelle, envoûtante. Dès le croisement de la départementale, la nature connaîtrait une métamorphose. En un virage, on entrait dans un univers physique dont la matière première était le temps malléable, habilement recomposé.

La route chahutait la voiture à des endroits bien précis. Mon impatience infusait depuis des mois et faisait naître une euphorie maîtrisée. Je goûtais chaque minute de ce trajet merveilleux qui laissait derrière divorce amer, scolarité en souffrance et ennui urbain et je ne ressentais pas les soubresauts, entièrement absorbée par ce passage du monde réel à cet univers à la fois sauvage et sophistiqué. Quelque chose avait subitement transformé l'atmosphère, le passage du temps, la transmission de la lumière. Tout s'était ralenti, non selon un pas anormalement lent, mais dans un cours où semblait palpiter le cœur du monde, qui n'était en fait que le mien. Même l'eau paraissait saisie par cette nouvelle donne. Les pêcheurs dispersés du canal, bordé de platanes, paraissaient complices de ce théâtre et ne jetaient pas un regard à notre véhicule bringuebalant.

À Apremont s'écoulait une autre vie. On traversait d'abord un village, une fantaisie bucolique conçue dans les années 1890, produit des influences des cottages anglais et de réminiscences moyenâgeuses, comme s'il avait fallu encore rajouter du temps à des édifices plus anciens, déjà issus d'époques disparates. De la piste qui serpentait au-dessus du village, on discernait quelques constructions singulières, fabriques, cascades, pavillons et belvédères, distribués de part et d'autre d'un parc émaillé de points d'eau, une série de clins d'œil à d'autres passés et d'autres continents.

Dans les hauteurs, le château coffré par des murs caverneux surplombait le cours de l'Allier ainsi qu'une multitude de pâtures que l'œil nu perdait dans la ligne d'horizon. Ses contreforts, surmontés de canons amenés autrefois par voie fluviale de la Saône-et-Loire, offraient ses remparts à toutes catastrophes. La figure austère et martiale de cette forteresse, pourtant retravaillée, mutilée d'une partie de ses tours à la Révolution, puis amendée au cours du XIXe par diverses tentatives architecturales menées au gré des fortunes de ses propriétaires et des modes afin de la rendre plus aimable, plus souriante, resurgissait pourtant dans le silence des brumes du matin ou des froids de l'hiver. Il ne restait que cinq tours dont une chapelle, un donjon et une tour carrée à présent condamnée.

Une fois franchie la grille d'entrée de ce palais d'été, devises, bruits, références connues, presse et même code vestimentaire n'avaient plus cours. Nous voyagions en pays souverain. L'actualité y perdait toute validité. On pouvait y vivre des semaines sans détecter le moindre signe de modernité. Parfois submergés par des crues de l'Allier, le village et les prés environnants disparaissaient presque entièrement. Personne n'avait jamais à revenir dans le monde moderne puisqu'une main invisible, et qui tenait à le rester, définissait l'emploi du temps et préparait tout à votre insu. L'illusion d'un lien avec le monde extérieur n'était maintenue que par la présence d'un poste de télévision.

Chaque objet était gardé avec une attention de conservateur des hypothèques. Si, par malheur, on tombait sur un vieux livre ou un objet insolite avec la curiosité de le regarder de près, une pasionaria fonçait pour vous le reprendre des mains. La crainte de perdre le moindre indice, de dissoudre le vestige du passé, y compris le plus insignifiant, suscitait une angoisse insupportable aux habitants des lieux. L'ensemble du village appartenait à May à l'exception du monument aux morts, une enclave de quelques mètres carrés conservée farouchement dans le domaine public. Leur mémoire resterait propriété indéfectible de la République française.

La réminiscence de l'empire défunt des Schneider nous attendait à chaque instant, aux endroits les plus anodins comme aux plus exemplaires, des coquetiers frappés d'une enclume sur les tables du petit-déjeuner à des figurines de bois représentant les sœurs des orphelinats du Creusot. Le portrait des trois fils d'Eugène Schneider, brouillés avec leur père jusqu'à sa mort en 1942, peints ensemble une dernière fois avant de disparaître prématurément les uns après les autres, rappelait avec cruauté la vanité de l'ambition dynastique. Des aquarelles renvoyaient le miroir d'un passé miniaturisé dont les éléments humains n'étaient que négligeables. Même la décoration néogothique nous laissait comme en suspension chimique dans le temps.

Dans les profondeurs du domaine, mon frère et moi, considérés comme des adultes avant l'heure, réapprenions l'enfance. Un élément nous dominait, un massif forestier où nul n'allait, mis à part des bûcherons au moment des cycles d'exploitation. La forêt striée de longues veines, sans destination apparente, nous écrasait de sa supériorité, jouant de son mystère. Où nos pieds portaient résonnait une absence. Nous parcourions ces allées tracées à la règle par notre arrière-grand-père comme des lilliputiens cherchant à comprendre le dessein d'un auteur dont une représentation géante s'élevait avec une solennité de marbre dans les écuries. Le domaine était sanctuarisé, tel un territoire à la merci d'oppresseurs. Comme un Oural du Berry, son immensité était sa meilleure défense. Il n'existait aucun relevé des allées et des ronds-points. Ceux-ci n'étaient jamais signalés : un calcul délibéré afin de décourager tout intrus. Voulait-on ici protéger un endroit si fragile qu'il aurait été condamné par toute interaction avec la société moderne ?

La forêt nous prescrivait l'abandon. Elle nous portait comme une mer, toujours plus loin, plus sauvage, plus intimidante. On rentrait de plain-pied dans un pays de terre et de pluie. Chaque étang, chaque clairière nous prenait par surprise, leur dénomination semblait chiffrée de significations et de promesses : Gambet, le Boucard, la Grève… Les chevaux euphorisés, échappant aux enrênements les plus contraignants, ne parvenaient jamais à bout de ces allées d'herbe perpendiculaires et interminables. Les encolures trempées, ils finissaient, à leur corps défendant, par ralentir leur course en l'absence de tout débouché perceptible.

Dans leur retraite obscure, partiellement éclaircie par le soleil, les troncs tourmentés ou étonnamment linéaires rappelaient les excroissances, les intériorités humaines combattues et niées par le monde extérieur. Leur désordre, l'humidité de la terre et la présence d'une vie animale farouche démentaient insidieusement la surenchère, la débauche même, d'ordonnancement offerte par l'autre versant du domaine. Nous revenions à l'état organique qui était le nôtre à la naissance. Les racines, les chênes, les haies d'aubépine, les perches, l'eau des étangs nous ramenaient à ce qu'il y a de plus mortel en nous. Nous ne quitterions plus jamais la forêt d'Apremont, à cueillir les fruits des framboisiers sauvages, les bicyclettes abandonnées au bord des pistes de sable. Filant sur les étangs dans un vieux canoë en bois, je jouais de la main avec l'eau brune et, étendue sur le rebord, lisais dans un vaste silence entrecoupé par l'écho des pagaies et les cris miaulés des buses. Tout de ce pays nous donnait à revivre, enseignait à entendre et à goûter et distillait l'apaisement dans nos veines et dans nos cœurs. Comment, dès lors, se douter que le mal qui accablerait Laurent se dévoilerait un beau jour, au détour d'une allée, avec la férocité d'un fauve ?

Les événements politiques et sociaux extérieurs léchaient nos pieds comme des vaguelettes incapables de nous atteindre. On les regardait sans grande considération déposer leur effervescence, guettant avec hauteur les suivantes. Seul le chaos du second conflit mondial avait pu remettre le domaine de milliers d'hectares dans le cours apparent de l'Histoire. Jusqu'en novembre 1942, la ligne de démarcation l'avait scindé, opposant d'un côté le village et le château occupés par les Allemands, de l'autre, la forêt exhalant un souffle de liberté inentamée. La ligne jalonnée de postes militaires était étroitement surveillée. À sa suppression, ma mère, revenant dans le château avec les Parents, était tombée en arrêt devant le portrait d'Adolf Hitler les dévisageant du haut de la grande armoire chinoise XVIIIe dans la salle à manger. Une zone occupée et une zone libre, une coupure qui s'appliquait tout autant à la vie de ma mère. Seule cette immense rupture historique lui avait permis de prendre une telle liberté de penser sans pourtant s'affranchir de l'esclavage au souvenir.

On traversait chaque jour à bicyclette cette démarcation historique maintenant irréelle, déterminée par l'allée la plus longue de la forêt, pour rejoindre un vaste étang du domaine, celui de la Planche-Chevrier, où stationnait alors le premier poste français. Il fallait consentir un effort d'imagination pour réaliser que des dizaines de milliers de juifs, résistants et prisonniers de guerre étaient passés de l'autre côté de cette allée parcourue à présent avec la nonchalance solitaire qui sied aux vacances d'été. Des enfants fuyant le régime de Vichy, à moins de cent kilomètres de là, et le nazisme, avaient précédé les chanceux des générations suivantes, les générations de la paix. Leurs sauveurs étaient le curé du village et les régisseurs du domaine, dont monsieur Bonnard.

Ce dernier, devenu le maire du village, une bonhomie rosée et un sourire gaillard ancré au visage, parvenait à m'attraper au collet lorsque je lui passais sous le nez et, malgré mes protestations virulentes, plaçait son avant-bras sous mon menton, me serrant avec puissance, presque avec passion, contre lui implacablement, comme si j'avais été un petit animal. Avec l'épais accent du Berry auquel je n'entendais rien, il prenait mon visage de garçonnette à deux mains en répétant à l'oreille des propos inintelligibles. À l'époque où les flux humains traversant la ligne dans la forêt prirent des proportions massives, il fut, avec son compagnon, victime d'une dénonciation et mis en joue par un peloton d'exécution allemand, dos au mur et mains liées. Ils ne durent la vie qu'in extremis à une intervention inespérée en leur faveur par un interprète allemand.

Ma mère ne se lassait pas de nous préciser qu'Apremont était au bord d'un précipice. Ce monde-là n'allait pas passer le siècle. Si ce domaine unique existait encore, en effet, c'était un leurre, une aberration, une survivance d'un temps ancien contre le temps présent ! Il n'était que le fruit de notre imagination ! Le monde des Parents était inopportun, un monde vicié, subventionné. C'était un complot du passé contre le monde moderne… L'ambivalence maternelle battait son plein. Elle oscillait entre haine d'une femme révoltée et fierté irréductible d'appartenir à un lignage, dépendance morale et matérielle et affirmation de soi par une stratégie d'affrontement constante.

Je parle librement et sans fard car je suis sartrienne. Je suis libre, donc je vous quitte : famille, parents, hommes, enfants, amis, patrons, institutions, hôtels, seuls son pays et ses livres ne l'auraient pas trahie. Elle nous entraînait dans un double jeu dont elle n'avait même pas conscience. Nous devions être fiers de la légende d'acier des Schneider mais abhorrions leur paternalisme. Nous vénérions la duchesse d'Uzès mais méprisions ce que représentait l'aristocratie. Nous étions réconfortés de dîner avec les Parents, parents nourriciers sur le plan affectif, matériel et intellectuel, mais un sourd contentieux historique résonnait à chacun de leurs pas. Où que nous allions, nous étions précédés par d'autres pas, ceux des collabos et de leurs ombres ambiguës – Josée de

Chambrun, Paul Morand, la princesse Soutzo, Drieu la Rochelle, Jean Jardin et tant d'autres.

Chez elle, l'impulsivité prenait le pas sur toute autre forme de réflexion comme si celle-ci, rigide, insoutenable, un dangereux carcan, une gangue, finissait par exploser pour laisser se déverser le flot des émotions. De manière paradoxale, elle devenait alors une intellectuelle qui cessait de réfléchir.

Au bord des larmes, la voix crachant sa rage, à bout de sa propre ambiguïté, ma mère disait :

« Je hais ce milieu faux, corrompu et antisémite. Je n'estime que le monde des idées ! »

Elle était devenue une paria honteusement repentie. Elle-même ne se pardonnait pas d'être revenue, de ne pas avoir assumé jusqu'au bout sa décision de jeune révoltée, d'avoir avorté sa révolution entamée à vingt et un ans, faute d'endurance et de cohérence. Besoin de figurer en bonne place sur les photos, prises en 2002 par *Le Point*, lors du 500e anniversaire de la famille célébré au château de Brissac. Besoin de croire encore dans la Maison de Cossé…

Pourtant, même si elle eût été tentée d'anesthésier son passé, la réalité historique s'imposait, implacable. Le cercle des Parents avait failli, la Collaboration avait honteusement pris place. L'Histoire les avait condamnés.

On avait l'impression que c'était une satisfaction pour elle de nous faire sentir que cet univers, qui était le seul à nous rassurer par ses certitudes, son luxe, son attention aux belles choses, son culte de l'enfance et son rapport aux autres, allait se désagréger d'un moment à un autre. Mensonge, c'est un mensonge, disait-elle ! Elle livrait à notre population enfantine une prophétie véhémente sur la fin de ce monde, en sursis, déjà mort, utilisant mille subterfuges pour rester en vie ! Tout est faux et archifaux ! Laurent et moi la regardions, épouvantés et interdits. Cette tasse en porcelaine ? Portez-la une dernière fois à vos lèvres car celles-ci sous peu n'y toucheront plus ! Le jardin blanc et ses ombres ? Un trompe-l'œil ! Ces perspectives tracées dans le buis ? Une tentative ultime de cohérence sur un arrière-plan de compromissions ! Ce portrait effectué par Giovanni Boldini de madame Eugène Schneider, les épaules à peine dissimulées par un manteau, trahissant la jeune femme fière et pulpeuse que fut Antoinette pour Boni ? Un expert passera tôt ou tard l'évaluer ! Une battue de canards arrosée de cognac et suivie d'une partie de poker ? Tout ceci sera emporté par la dégénérescence, la déchéance morale, le déclin et la banqueroute imminente… Rien n'échappait à ses admonestations. Je l'imaginais grimpant au dernier étage du château, lançant des anathèmes à la fenêtre, en criant « Tout doit disparaître ! ».

Pourtant.

Pourtant, tout d'Apremont nous ramenait au monde d'hier avec une force apparemment irrésistible.

Seules les vacances chez les Parents nous sortaient de notre marasme. Ma mère n'était jamais aussi jolie, épanouie et rassurée. La féminité et la gaieté circulaient en elle à nouveau comme de la sève. Elle reprenait vie. Son père était son complice en esprit et en fantaisie, son compagnon d'évasion partageant le même désir de connaissances, une curiosité identique pour le savoir. Parcourant à cheval les allées cavalières, je les surprenais galopant côte à côte, moi les suivant cahin-caha sur un trotteur refusant obstinément de passer au galop et je les observais se réconcilier comme les branches d'un même arbre. Apremont était le seul endroit où j'entendais le rire de ma mère résonner, clair et mélodieux, un rire de femme qui se laisse enfin aller à l'insouciance. Elle était l'enfant terrible revenue à la raison.

Tôt ou tard, la nécessité vitale de restituer son histoire, la culpabilité d'isoler ses enfants de leur cousinage, l'exclusion du tissu amical et social que nourrit un milieu familial, le besoin matériel, la vulnérabilité, qu'elle soit physique ou morale, les nécessités patrimoniales ont raison de la détermination la plus forte, des insoumis les plus combatifs. Les désaccords les plus graves, les plus violents, les plus politiques, donc les plus exogènes, évoluent et s'infléchissent à l'épreuve du temps. Des questions se règlent, les situations évoluent, d'autres difficultés d'existence surgissent, immédiatement préoccupantes, qui relèguent au second plan les désaccords anciens – des querelles se dénouent sur d'autres scènes, créant les conditions d'une réconciliation chez soi. Il faudrait constamment alimenter le foyer de sa brouille jusqu'à l'absurde.

12

Dès que je pénétrais dans le monde des Parents, je pensais qu'il allait s'évanouir. May et Pierre, leurs bras tremblants couverts de montres ultrachics, les milliers de bois de cerf qui couvraient murs et plafonds de leur belle mort, opprimés comme des papillons, ordonnés de manière industrielle en diagonales et par lignes géométriques, la pelouse immense qui phosphorait à perte de vue, des allées longues comme un département, les dizaines d'étangs qui expurgeaient leur moiteur au premier soleil. Un royaume sans fin, ni temporelle ni géographique. Un enfant averti en vaut-il deux ?

Non, la réponse est non. C'était mon mirage à moi. Je m'immergeais sans question dans ses parfums, ses promenades, ses portraits, ses récitals de piano, ses fétiches, je faisais miennes ses habitudes, je faisais mien son passage à travers le temps. Peut-être, en le tenant à deux mains, réanimerais-je ce monde d'hier qui me paraissait si beau et plus intrigant que celui d'aujourd'hui. L'affolement secret suscité par ces attaques que je considérais sournoises me le rendait d'autant plus précieux. Mon sentiment d'ordre amoureux me donnait autorité de veiller sur sa précarité, comme on peut s'inquiéter des rides ou des pertes d'équilibre chez une personne aimée.

Le château de La Celle-les-Bordes, dans lequel les Parents avaient établi leurs quartiers d'hiver, était situé à quelques kilomètres du village de Bonnelles. Orphelin de sa mère emportée par la tuberculose, Pierre y avait été élevé par la duchesse d'Uzès, sa grand-mère, qu'il appelait « Mémé ». Dans l'histoire de cette famille, les grands-parents semblaient systématiquement prendre le relais des parents défaillants ou prématurément disparus, une sorte d'algorithme filial.

Aucun espace de ce château d'hiver n'échappait à la beauté macabre des trophées morts. Les murs et les plafonds, jusque dans les escaliers et les corridors, étaient couverts de bois de cerf, de pieds de chevreuil et d'oiseaux rares empaillés. Le grenier même renfermait des dizaines de trophées jugés moins intéressants. Les Parents s'enorgueillissaient de posséder une des premières collections de bois de cerf au monde dans ce château devenu le lieu d'exposition des prises de la duchesse d'Uzès dans la forêt de Rambouillet. Dans l'histoire de la vénerie, celle-ci faisait l'objet d'un culte. Chassant à courre deux semaines avant sa mort à quatre-vingt-six ans au château de Dampierre en 1933, elle laissait derrière elle la légende d'une guerrière, paradoxe vivant de la longévité d'une enfant née prématurée, condamnée à sa naissance par les médecins qui l'avaient jugée trop fragile pour survivre.

Un usage à la Saint-Hubert, la messe sonnée par les veneurs, était la mise à mort d'un cerf dans la cour du château bondée de chevaux et de chiens. Lors d'un froid après-midi hivernal, dans le silence intimé aux chiens de meute, sous nos yeux muets, May traversait la cour du château en jupe d'amazone bleue, revêtue d'une tunique rouge galonnée, coiffée d'un minuscule tricorne à plumes d'autruche et, de sa maigreur souveraine, en sortait un couteau à manche orfévré qu'elle plongeait sans une hésitation dans l'animal.

Laurent et moi riions de cette mort animale si esthétiquement représentée. Nous étions les jeunes gardiens de ce temple qui poussait la mort à un degré époustouflant de sophistication et de mise en scène. Les rôles assignés aux enfants dans cette représentation générale, nous les endossions avec la plasticité de l'enfance. En secret, on jouait dans le cimetière communal à se faire peur en regardant dans la fosse où l'on pouvait deviner des cadavres bien emballés. On se gaussait des formulations naïves sur les plaques de condoléances.

Pendant la messe, nous étions enfants de chœur dans l'église imprégnée d'un paternalisme désuet. En échange de fonds destinés à financer la toiture et des missels, notre famille régnante conservait deux rangées de fauteuils en vieux velours rouge. Pendant que Pierre se livrait à des improvisations impérieuses sur un orgue précaire, resté debout grâce au chéquier généreux de May, Laurent et moi faisions la quête auprès des habitants du village. Je passais dans les rangées avec un sourire, embarrassée par ce jeu de rôle, l'iniquité de cette situation camouflée sous couvert de mon innocence et de la nécessité de protéger ma foi naissante.

À la manière des Anglais demeurant les sujets de Sa Majesté en toutes circonstances, nous étions sommés d'apparaître en élégants à dîner, placés à une petite table d'enfants à côté de celle, continentale, des grandes personnes. Si Laurent et moi étions insuffisamment habillés et peignés, nous étions renvoyés dans nos chambres avec des accents de théâtre churchilliens par Pierre, debout immobile, les épaules droites, une barrette en or croisant sa cravate, un verre de malt à la main depuis sept heures trente, soudainement remonté par tant de laisser-aller devant une fille au pair irlandaise abasourdie, jean pattes-d'éléphant, longs cheveux à frange pas coupés depuis 1970, tout droit sortie du film *Hair*.

« *I am the Duke of Brissac*, commençait-il toujours avant toute chose. *And I intend my grand-children to be decently dressed up for dinner ! I would be therefore most grateful to you to take them back to their bedrooms ! I will only accept them back properly dressed !* » Nous étions heureusement stupéfaits, ravis que quelqu'un songe à s'occuper de notre apparence vestimentaire.

Accolée à la chambre de Pierre, une pièce servait de cabinet de curiosités. Sur une longue table s'étalaient des cartes anciennes et des manuscrits de toutes sortes – histoire, poésie, divers essais sur l'industrie et les minerais. Des collections d'œufs précieux, de montres de gousset, d'animaux rares empaillés, d'objets insolites, de dessins de sa main, d'instruments de veneur, des gadgets et des réalisations d'enfant, couraient sur les étagères. Invités à y travailler nos devoirs de mathématiques et de français sous la houlette de cet homme né en 1900, pour lequel tout était soluble avec de la méthode et du calme, de la recherche d'un objet perdu dans un hall de gare à un procédé hydraulique, je me concentrais avec peine sur les abstractions, captivée par la variété des objets. Les rides de son front étaient parfaitement quadrillées, à coup sûr une manifestation de la bosse des maths. Issues de longs poignets sinueux, ses mains tordues par sa pratique emportée du piano et la maîtrise de montures flamboyantes, parsemées de taches brunes, étaient éléphantesques. Il se lançait dans des exercices d'étirement des doigts créant, selon lui, l'échauffement nécessaire propice au travail de l'esprit. Malaxant ma nuque et mes épaules à la manière d'un bon chien de chasse, comme il le disait de tout descendant qui passait à portée de voix, il corrigeait chacune de mes inégalités avec une indulgence ludique et, un brin moqueur, me posait invariablement cette question qui n'appelait aucune réponse :

« Mais quand, enfin, deviendras-tu une femme du monde ? »

Sa seule préoccupation à la lecture de mes dissertations était la lisibilité de mes accents. Il y attachait un prix élevé et parcourait l'ensemble du texte sans jamais cesser de pointer avec horreur, ligne après ligne, l'extravagance de mon accentuation.

« Tout de même, on a l'impression que tu écris le suédois ! se lamentait-il, pas le moins du monde concerné par la pertinence de mes thèses. Mais, regarde, encore un accent écorné, ton mot ne veut plus rien dire. » Il prêtait également une attention extrême à la diction de Laurent qui s'exprimait trop timidement à son goût, beaucoup plus qu'à ses propos : « Il faut articuler ! » ne cessait-il de lui répéter.

La forme l'emportait toujours sur le fond, peut-être le dépit exprimé maintes fois par ma mère était-il justifié. Elle accablait l'influence désastreuse du fameux milieu et de l'enfermement social entretenu par le monde de la vénerie, illustré par ses usages et ses codes.

« Ce sont les mondanités qui l'ont perdu à la fois intellectuellement et moralement, lui l'enfant doué et précoce entré à Polytechnique à dix-huit ans, faisant des équations tout seul en vacances ou entre deux chasses à courre en forêt de Rambouillet à l'ombre de l'équipage de sa grand-mère ! Aujourd'hui noyant son talent et son désœuvrement dans l'écriture d'ouvrages consacrés à sa famille et dans l'alcool ! *Longitudes*, *En d'autres temps*, *La Suite des Temps. Les Brissac et l'Histoire*… », dénonçait-elle furieusement.

Pierre n'avait jamais voulu entrer dans un siècle avec lequel il était pourtant né. Il l'avait longé, côtoyé le long d'un parallèle sans le croiser. *En d'autres temps*, titre qu'il donne à ses Mémoires, illustre cette tentation de ne jamais entrer dans la réalité contemporaine. La nécessité impérieuse de faire survivre une lignée, coûte que coûte, l'emporte sur toute autre échelle de temps et lui interdit toute mésalliance avec l'actualité. Il badine avec l'Histoire mais reste extérieur à celle-ci. Tout en insistant sur l'exigence de mettre en perspective le cours des choses dans le contexte historique, critiquant les mémorialistes qui ignorent cette règle de méthode, il devient, de fait, dans ses livres le chroniqueur mondain de sa propre vie.

Contrairement à certains écrivains qui ne vivent le passé que rendu présent par la puissance des mots, l'écriture fut pour Pierre un moyen de prendre ses distances avec ses actes. En l'espace de quelques pages d'une inconscience manifeste, écrites au beau milieu des années 1970, il congédie toute réalité. Traite par le mépris son inculpation et celle de May en 1944 pour atteinte à la sûreté de l'État, les attribuant à la malveillance de la justice, noyautée selon lui par les communistes. Respire d'avoir sauvé la saison de vénerie de l'hiver 1945-1946. Elle comptera quinze prises de sangliers et cinq de cerfs grâce à la récupération inespérée de chevaux allemands. Rapporte une discussion décisive avec Gaston Nora au cours de laquelle il signifie à celui-ci que leurs enfants, venant de « villages trop éloignés », ne peuvent concevoir de s'unir.

Après le mariage clandestin entre Maman et Simon Nora en janvier 1947, Pierre n'accepta plus de voir sa fille pendant une dizaine d'années, la précipitant dans des difficultés qu'elle surmontera seule et mal, dans un isolement dû à l'antisémitisme de ses parents. Dans ses Mémoires, écrits pourtant trente années plus tard, Pierre n'exprima ni émotion, ni regret, ni même simple questionnement sur cette fracture fondamentale. Au contraire, il présente la séparation de sa fille avec Simon Nora comme un résultat couru d'avance, sur le mode du « je l'avais bien dit ». Dans l'exemplaire dédicacé à sa fille, il écrit le 28 octobre 1974 : « J'attends tes critiques le dos rond… Papa. » La réinsertion de ma mère dans son milieu d'origine se fit au prix d'un compromis terrible et malheureux. C'est elle qui fit le dos rond et lui passa cette dédicace, ayant réalisé à la Libération ce qu'il aurait dû faire pendant la guerre, ce qu'il aurait pu reconnaître plusieurs décennies après. Élu président du Jockey-Club en 1977, élection que nous avions fêtée en famille lors d'un déjeuner dominical à La Celle-les-Bordes, il n'avait, en dépit de ses dons, de ses diplômes, de son brio et de sa sensibilité, jamais remis en question son milieu social et son comportement.

Subitement, Pierre interrompait nos travaux. Il m'invitait à m'asseoir tout à côté de lui. Tenant un grimoire qui empruntait davantage au livre de magie, il tombait en arrêt en tournant les pages avec excitation de ses doigts de glaise, lisant à haute voix tel sonnet de Baudelaire ou telle strophe de Desbordes-Valmore. Il ponctuait certains passages d'exclamations, selon des règles obscures. Sans me regarder, il retenait alors son souffle lourd, m'enjoignant avec sa main de l'écouter comme si j'avais pu être seulement tentée de l'interrompre.

« J'ai voulu ce matin te rapporter des roses ;
Mais j'en avais tant pris dans mes ceintures closes
Que les nœuds trop serrés n'ont pu les contenir.

Les nœuds ont éclaté. Les roses envolées
Dans le vent, à la mer s'en sont toutes allées.
Elles ont suivi l'eau pour ne plus revenir ;

La vague en a paru rouge et comme enflammée.
Ce soir, ma robe encore en est tout embaumée…
Respires-en sur moi l'odorant souvenir. »

Il s'arrêtait en marmonnant, j'ignorais s'il me parlait ou s'il conversait avec lui-même. La poésie était son langage secret. Marquant un temps, il montra une tête de dinosaure bouleversé. Malgré la férule sociale, il avait effectivement mené plusieurs vies, autrement plus libres. Il allait de soi pour lui que chacun pouvait conduire plusieurs vies en toute discrétion…

13

Les Parents n'avaient pas complètement quitté les rives du XIXe siècle. Nés au début du XXe siècle, ils avaient grandi pendant la Belle Époque selon des usages qui érigeaient la naissance et le respect de règles, écrites et non écrites, en principes fondamentaux. Brillants, cultivés et dotés de fortunes toujours considérables, ils évoluaient dans un univers où tout n'était que codes, connivences et bienséance.

Chaque repas au château d'hiver se déroulait de manière cérémonieuse. Roger, le maître d'hôtel, ouvrait les deux battants de la porte de la salle à manger, le regard rivé sur un horizon imaginaire, malgré nos tentatives de distraction : « Madame la duchesse est servie ! » annonçait-il avec pompe. Chacun prenait place dans une atmosphère joyeuse.

C'était l'étiquette non dite de l'étiquette écrite : comment se moquer de l'étiquette tout en la respectant à la lettre, un tribut ultime à son empire et un signe manifeste de collégialité. Au moment de rejoindre la table, alors qu'il me donnait son bras, Pierre marquait un temps d'arrêt pour deviser sur un plan de table imaginaire invitant archevêques, ministres plénipotentiaires, princesses royales exilées et préfets. Le *Guide du protocole et des usages* qu'il avait préfacé donnait le sentiment rassurant que le monde était bien ordonné. Un ballet précis de comportements, de placements et de circulation. Le rôle de Pierre, devenu grand ordonnateur, nous rassurait sur l'apparence de normalité de notre singulière cellule. Mais qui pouvait ignorer que certains des convives n'étaient pas les enfants des pères dont ils portaient le nom ? Chaque génération charriait son lot d'enfants naturels ou d'emprunt, reconnus ou dissimulés, adoptés ou ignorés, jouant des hérédités selon des critères inavouables, visant désespérément à faire subsister le monde d'hier qui projetait ses derniers feux. Une fabrique destinée à perpétuer, coûte que coûte, un lignage sans considération ni respect humain, instituant une cécité collective. Ni Laurent ni moi ne l'ignorions, tenus informés par ma mère qui faisait profession de nous parler de tout sans ambages, mais il fallait néanmoins le taire puisque la règle était de vivre dans un double langage à jamais hermétique et convenable.

Face à nous, deux autres pièces empaillées, celles-ci de taille, représentaient la lutte à mort de deux cerfs de dix cors qui n'avaient pu se détacher l'un de l'autre à temps pour fuir et avaient été pris agonisants, liés à jamais par le choc de leurs bois au combat. Les deux cerfs s'échangeaient des regards douloureux qu'était parvenu à rendre le taxidermiste. C'était une cruelle allégorie sur la nécessité de s'entendre. Une collection de sabres et de couteaux de chasse complétait ce tableau meurtrier.

Nous déjeunions sous l'œil torve des chiens les plus méritants de la meute de la duchesse d'Uzès, dont on était parvenu à empailler les têtes de manière la plus vivante possible, en restituant un peu de leur langue haletante. Mais, lors des interminables repas, l'examen clinique de l'état des têtes de chiens constituait une diversion intéressante à la conversation ennuyeuse des adultes. L'oreille d'une d'entre elles tombait dangereusement et, avec les années, se détacha complètement. Personne ne sembla le remarquer.

Pourquoi cette obsession de la conservation des animaux morts n'aurait-elle pas également touché les êtres ? J'imaginais qu'un jour, avec autant de naturel, nous allions nous asseoir aux côtés de la duchesse d'Uzès qu'on allait « sortir », les lèvres entrouvertes pour faire le plus vrai possible, empaillée par un taxidermiste devenu fou, pour lui faire présider la table selon son rang.

Roger servait des plats géants et toujours brûlants dans lesquels étaient disposés des mets et des accompagnements selon une complexité révolue. À ma terreur, je ne reconnaissais rien. Les légumes étaient encerclés par des cylindres pâteux, les sauces maquillaient les viandes et les poissons. Je souhaitais plonger mon regard dans le plat pour étudier leur nature mais la préoccupation que j'avais de ne pas gêner ma mère socialement insurgée, en risquant de ridiculiser aux yeux des Parents ses tentatives d'autant plus louables de bonne éducation, m'en empêchait.

Je glissais donc un regard furtif et, avec une adresse toute feinte, surveillée de près par Laurent, me saisissais des mets non identifiés. Je sentais le souffle et la présence physique de Roger à ma gauche, exaspéré d'avoir à servir une enfant et qui immobilisait à ma hauteur le supertank en proie à d'imposantes oscillations. Je n'osais le regarder, ni lui parler, ce qui aurait représenté la marque ultime de la non-appartenance au monde des Parents. Angoissée à l'idée de provoquer une catastrophe sans précédent, un plat qui se serait répandu sur la nappe immaculée entre porcelaine de Sèvres, verres en cristal et bougeoirs en argent, ainsi que l'ire de mon frère, alors même qu'on nous avait fait l'honneur de nous inviter à la table des adultes, j'entendais Roger bougonner des instructions incompréhensibles qui ajoutaient encore à mon affolement.

Les longs poignets décharnés de May longeaient si parfaitement l'assiette à équidistance qu'ils auraient pu être mesurés au millimètre par un maître d'hôtel soignant la mise en place de la table. Ses mains fines et manucurées étaient une œuvre d'art de la cosmétique moderne. La pesanteur basculait irrésistiblement ses rubis et ses émeraudes vers le bas tant ses doigts avaient perdu de leur chair. Une fois servie l'entrée, je la voyais se résoudre à saisir péniblement une fourchette, accompagnée d'un soupir et d'une moue tremblante, la tenant comme si elle n'avait jamais vu une fourchette de son existence. Cette main et sa fourchette restaient indéfiniment dans l'assiette jusqu'à ce que l'un de ses enfants l'enjoigne de prendre une bouchée. On ne savait pas si la bouche s'avançait vers la fourchette ou le contraire. Mais l'assistance était suspendue pendant de lourdes minutes au trajet incertain jusqu'à sa destination ultime.

14

Pendant les vacances d'été, alors que Laurent emmenait avec lui un camarade de football, j'obtenais parfois, moi aussi, le droit d'inviter une petite amie de l'école, en général toujours plus appliquée que je ne l'étais et qui, donc, faisait l'unanimité. Après de laborieuses discussions entre ma mère et les Parents, le barrage avait cédé et une suspecte courtoisie succédait alors à la réticence initiale.

Avant de passer à table dans la grande salle à manger circulaire du château d'Apremont, les murs tapissés de scènes de chasse, on demandait à la jeune invitée la liste des rois de France. Elle la connaissait par cœur. Puis, on la mettait en valeur, lui posant mille questions, s'enquérant de ses parents, de ses frères et sœurs, l'interrogeant sur son parcours scolaire et sur ses goûts, souriant avec ravissement à toutes ses réponses.

« Vous avez donc un frère et une sœur, ah, comme c'est intéressant ! Et quelles études font-ils ? »

« Vos parents sont arrivés en France avant la guerre ? Puis repartis ? Vraiment ? Ah ! »

J'étais au septième ciel. Elle répondait avec grâce, comme une belle curiosité étrangère dévisagée par un autre monde. Elle n'était plus ma petite amie des cours de récréation, elle devenait en quelques minutes un émissaire du monde moderne dans notre monde ancien qui s'était mis en tête de la conquérir de manière implacable et subtile, comme un corps consent à accueillir un bacille pour mieux s'immuniser d'un virus.

Après avoir tant souhaité la voir admirée par les Parents, je me tournais vers elle prise d'inquiétude de la voir jauger Pierre du regard. Je redoutais subitement sa sagacité, réalisant soudain l'incongruité et l'arrogance de mon monde familial, convaincu d'incarner la France par-delà les républiques et les vicissitudes. Ses châteaux, ses monuments, ses forêts, ses sites industriels emblématiques, l'historiographie familiale particulièrement fournie n'en offraient-ils pas la démonstration ?

La conversation glissa sur des sujets historiques, matière favorite de mon grand-père dont les propos étaient gendarmés par May qui censurait toute discussion sur l'argent et, cela va sans dire, sur les mœurs. Les échanges à table étaient consacrés à l'Histoire et à la politique, aux arts et à l'actualité familiale.

Nous étions dans la puberté de notre histoire. Ceux qui avaient connu la Seconde Guerre mondiale étaient des adolescents. Nous ne prenions au sérieux que ceux qui avaient au moins vécu la Première Guerre et les manifestations de février 1934. Il fallait avoir traversé la Belle Époque pour gagner notre estime. Mais celui qui remportait tous nos suffrages était notre grand-père pour sa connaissance parfaite du Second Empire, des événements de la Commune et des vaines tentatives de Restauration de la duchesse d'Uzès. Laurent et moi étions suspendus à la queue d'une comète historique. Les parents des autres enfants avaient « fait » Mai 1968, les nôtres avaient « vécu » la Libération.

Les visiteurs étaient invités à traverser non pas une galerie de portraits mais une galerie de livres célébrant nos ancêtres. Pierre se faisait l'historien en chef de ces grands noms de la France, chassés par la Révolution et revenus progressivement de l'Émigration. Il était devenu le média historique, prodigieusement bavard, de l'incendie du Bazar de la Charité au boulangisme. Devant ma copine de classe de douze ans, il justifiait ainsi l'attachement de sa grand-mère pour le général Boulanger par un coup de cœur, disait-il, un signe de sa prodigalité et de sa bonté profonde. Avec un air de pitrerie sérieuse, il discourait ainsi :

« Comme le disait Séverin, le général Boulanger avait rêvé d'être César, conspira comme Catilina et mourut comme Roméo. On a beaucoup dit que ma grand-mère s'était ruinée pour le général Boulanger dont elle admirait le panache. Mais c'est inexact, disait-il à ma jeune amie, éberluée. Elle ne lui avait accordé que trois millions de francs-or en 1888, c'est-à-dire seulement un tiers de sa fortune. Ses partisans avaient tout de même obtenu que le général s'engage à supprimer les lois d'exception ! »

Ne voulant pas demeurer en reste, je cherchais à savoir si Mémé avait été amoureuse du général Boulanger. Ce scénario romantique semblait plus plausible que la version officielle. Pourquoi la duchesse d'Uzès, qui n'avait montré qu'un intérêt très faible pour la politique, aurait-elle subitement décidé de se lancer dans le financement d'une campagne politique afin de porter le comte de Paris au pouvoir ? Elle recevait le général dans son salon et intriguait en sa faveur, constituant un comité de soutien actif. Lors de la fuite de celui-ci en Belgique, elle avait hébergé son destrier noir dans les écuries de La Celle-les-Bordes et elle continua à aller le voir exilé à Jersey, ce qui me fournissait un indice parlant de ce qu'elle qualifiait de « scrupule d'amitié ». Mais rien n'aurait fait parler Pierre de la vie amoureuse de sa mère adoptive, veuve à l'âge de trente et un ans, alors qu'il était si disert sur tant d'autres.

Le point culminant fut atteint lorsqu'il décida de nous livrer sa lecture personnelle de l'Affaire Dreyfus, pendant laquelle la duchesse d'Uzès avait pris, sans surprise, le parti des antidreyfusards. Ayant perdu le contrôle de l'agenda de la conversation, je ne pus l'interrompre et appréhendai son récit imminent, réalisant que mon grand-père, tout historien qu'il était, n'avait certainement pas, au cours de ces échanges fort courtois, relevé la judaïté du patronyme de mon amie. Il allait parler du sort des « israélites » comme s'il avait parlé des Inuits. La belle harmonie s'interrompit sur ce mot exact mais si codé.

Son attention s'était détournée de la jeune étrangère et il allait lancer quelques piques à la meilleure amie de May, une beauté danoise à la chevelure d'or, veuve prématurée d'un oncle et dont il moquait l'indolence. Ils se chamaillaient à longueur de vacances, elle servant de dame de compagnie à ma grand-mère lors de tous leurs voyages d'été sur la Côte d'Azur, auxquels ma mère, Laurent et moi, heureux élus, étions conviés de temps à autre.

On avait ouvert une des immenses fenêtres de la pièce en rotonde qui dominait le prolongement sinueux de l'Allier, presque immobile dans son lit vermeil et argenté. Une collection d'argenterie régnait, fastueuse, sur un buffet qui l'abritait depuis la Révolution. C'était la France des dîners d'été. La France des décolletés, les femmes révélant dans cet écrin fastueux leurs épaules nues et des nuques à la Helleu. Contrairement aux hommes, me signala ma mère avec sa pédagogie habituelle, les femmes du monde ont le droit de poser leurs coudes sur la table en tenant l'assiette chaude de leurs mains afin de se réchauffer. Chacun rivalisait en récits spirituels ou portraits désopilants. Des traits d'esprit fusaient de part et d'autre avec gaieté. La France des brochets, les étangs ayant tous été remplis méticuleusement des poissons pêchés dans l'après-midi puis servis le soir même avec de la sauce au beurre blanc. Le petit plomb dans les canards, tirés l'avant-veille par Laurent, jeune fusil émérite qui avait plongé dans l'étang pour les ramener, les labradors n'en ayant rien fait, craquait sous la dent. Des dames de la région confectionnaient et servaient des monticules de profiteroles ou des soufflés au Grand Marnier.

Des conversations adultes parvenaient quelques échos de la conjoncture politique. Dans le récent train Corail venant de Paris, ma mère s'était retrouvée assise à côté de François Mitterrand, une relation contractée lors de son ancienne vie, qui rejoignait sa circonscription de la Nièvre, comptant et recomptant à la main les voix de ses électeurs. Valéry serait-il battu, leurs scores étaient-ils très serrés ? On évoquait le désarroi et la dignité d'Anne-Aymone avec une compassion soucieuse. Quelqu'un finissait par se lever pour éteindre les lumières les plus vives. On n'allumait plus le lustre hollandais colossal car la salle à manger circulaire projetait ses fastes à dix kilomètres à la ronde et le socialisme rôdait. Le château fortifié s'avançait désormais vers un avenir présumé hostile comme la proue d'un navire, tous feux éteints. En France, la Révolution n'était jamais très loin.

Bientôt, le dîner allait prendre fin. De concert, les femmes sortaient leur rouge à lèvres et dessinaient les courbures de leur bouche d'un geste. Je suivais avec inquiétude la main tremblante de May pour laquelle cette démonstration de féminité représentait un ultime défi esthétique. Pierre, ayant reculé sa chaise pour fumer une cigarette, se plaignait de manière tonitruante de son verre vide que je m'employais à remplir et se lançait dans des charades ou des tours de magie avec des pièces de monnaie. Auparavant, il avait catapulté une cigarette en direction de May, selon un dispositif audacieux reposant sur des chandeliers et, disait-il en polytechnicien avisé devant une assistance conquise, inspiré de savants calculs balistiques.

Puis, le buste tourné vers l'auditoire, un verre de cognac enfin posé devant lui, il se lançait, la cigarette coincée entre l'index et le majeur, la cendre incandescente à la limite de la peau, les yeux orientés vers la fenêtre entrouverte, livrant un profil d'empereur. Tintant légèrement le verre de son couteau, il mettait de la main un terme au brouhaha de fin de spectacle et annonçait une déclamation poétique.

> « Le vase où meurt cette verveine
> D'un coup d'éventail fut fêlé ;
> Le coup dut l'effleurer à peine,
> Aucun bruit ne l'a révélé. »

Puis il pivotait, tournant son visage attentif vers moi, scandant d'une traite, le feu de sa cigarette accompagnant sa voix comme de la houle :

> « Mais la légère meurtrissure,
> Mordant le cristal chaque jour,
> D'une marche invisible et sûre
> En a fait lentement le tour. »

La marche hypnotique de la cigarette s'était arrêtée dans l'espace.

> « Son eau fraîche a fui goutte à goutte,
> Le suc des fleurs s'est épuisé ;
> Personne encore ne s'en doute,
> N'y touchez pas, il est brisé. »

Je me retrouvais dans le viseur de sa cigarette qui, après trois moulinets de poignet, s'était immobilisée. Il levait l'index de sa main droite sur un ton devenu confidentiel :

« Souvent aussi la main qu'on aime
Effleurant le cœur, le meurtrit ;
Puis le cœur se fend de lui-même,
La fleur de son amour périt ;

Toujours intact aux yeux du monde,
Il sent croître et pleurer tout bas
Sa blessure fine et profonde :
Il est brisé, n'y touchez pas. »

Rires charmés de l'assistance. Restant sans voix, j'étais touchée au cœur, subjuguée par ce sortilège des mots et des intonations qui me parlait intensément. À l'émotion de la tablée se mêlaient les alcools de vie et les liqueurs mortelles. À Apremont régnait alors la concorde.

15

Au cours de cet été-là, chacun était à l'œuvre pour procéder au nettoyage des livres du donjon dont la bibliothèque, constituée par Eugène Schneider II, représentait des dizaines de milliers de volumes. Chaque volume était répertorié, nettoyé et traité avec des soins appropriés, puis entreposé dans d'innombrables caisses dans la cour irrégulièrement pavée du château d'Apremont qui présentait à l'air libre cet ADN culturel.

On descendait dans l'immense fosse circulaire du donjon par deux tronçons d'escalier interrompus par un balconnet. Classées par sections, les hautes étagères vidées de leur contenu et à présent décaties exposaient leur insalubrité en attendant un dépoussiérage pour les cinquante années suivantes. Le donjon évidé de sa chair, devenu frêle et décharné sans les lourds exemplaires d'histoire et d'essais politiques, prenait, en présence du soleil de la tombée du jour qui introduisait par les rares interstices une lumière poudrée d'or, la figure d'un temple lagunaire déserté par ses idoles. Une page se tournait pour ce lieu confiné dont on avait fait les usages les plus variés, d'un bureau pour mon arrière-grand-père dont la table de travail dominait avec hauteur et décadence une peau de tigre à celui de scène de ballet où ma mère et moi suivions l'après-midi un cours de danse classique, petit festival de chorégraphie animé par un ami danseur de l'Opéra. Il était accompagné d'un piano réduit à l'état d'instrument miniature par la dimension de l'enceinte mais démultiplié par l'acoustique du bâtiment. De cette retraite, le maître du Creusot avait suivi un soulèvement ouvrier massif pendant l'été 1899, précédant un orgueilleux face-à-face avec les ouvriers en grève, provoquant l'intervention du gouvernement de Pierre Waldeck-Rousseau puis celle de Jean Jaurès.

Les tables des chambres du château d'été étaient couvertes de livres et d'albums. C'était un art de la table, cependant les livres n'avaient pas qu'un dessein décoratif. Leur présence, exprimée par leur quantité, la variété et le caractère subversif de certains de leurs sujets, représentait un antidote à la prolifération des faux-semblants. Dans le monde des Parents, on ne pipait mot mais on avait un droit d'écriture comme les pays membres du Fonds monétaire possèdent un droit de tirage spécial d'une monnaie à nulle autre pareille. Ni la peinture ni même la musique n'étaient parvenues à concurrencer cette graphomanie maniaque, identique à la passion de collections singulières que certaines familles se transmettent de génération en génération. Un processus cumulatif était à l'œuvre, une thésaurisation de la mémoire, les livres ne cessant d'engendrer une génération d'autres livres.

Deux grandes catégories d'expression représentaient cette familiographie pyramidale allant de pair avec une démographie croissante : les panégyriques et les pamphlets. Les livres pour la famille et les livres contre la famille. Les légitimistes et les contestataires. Les auteurs des premiers gagnaient en respectabilité et en intégration, les auteurs des seconds faisaient figure d'ennemis du peuple et sentaient le soufre.

Malgré leur grand nombre, les écrits tenaient la vérité à portée de gaffe, les sujets dangereux avec un luxe de précautions fictives, de signes et de codes, emmenant leur lecteur dans des promenades sans destination claire, des tribulations pittoresques à travers des terrains de toutes natures. On avait le sentiment d'avoir été embarqué par un passeur au travers d'un dédale de canaux selon un code de navigation fluviale indéchiffrable, sans jamais pouvoir accéder à une rive ou à une autre.

L'avant-propos des ouvrages issus de cette bibliographie familiale débutait généralement par un arbre généalogique. Chaque interprétation en appelait une autre, de nouvelles naissances se faisaient jour, qui remettaient en cause l'édifice. Les arbres généalogiques des biographies donnaient les fausses parentés. Les arbres généalogiques des romans donnaient les vraies parentés. Qu'est-ce qui était vrai du faux et faux du vrai ? Quel arbitre départageait la main droite de la main gauche pour finir par les réunir au sein d'un même arbre ?

Chaque livre parvenu à maturité était accueilli par un persiflage général, sauf les quelques appréciations encourageantes faites par d'habituels esprits charitables ou innocents. La famille était une Académie à elle seule. Tout manuscrit était gardé comme un talisman, un verrou à faire glisser avec plus ou moins de fermeté et de délicatesse sur un monde intérieur où, enfin, le langage officiel n'était plus. Une publication nouvelle était reçue avec étonnement, comme on pouvait accueillir le résultat d'une grossesse cachée mais que chacun subodorait depuis longtemps. Quel étrange relief le ventre de l'auteur avait-il pris ? Était-ce l'abus de la bonne chère ou une véritable gestation ? Serait-ce une fille ou un garçon ?

On se serait cru au centre d'une bataille de sous-marins. On ne les entendait jamais, portés que nous étions par l'organisation de nos vies et leur cours apparent, agité de joies et de turbulences. Récits historiques, biographies suspectes, romans vengeurs, Mémoires assassins ou flagorneurs, nouvelles perfides, scénarios morbides, entreprises de fiction à usage de désinformation, intoxication fictive. Le livre était l'arme du crime.

En lisant les Mémoires des uns et des autres, on ressentait le même trouble qu'un citoyen soviétique lisant les manuels d'histoire distribués à ses enfants où l'on remarque régime après régime les retouches, voire les modifications apportées à une photo où s'évanouissent tour à tour une cigarette, une barbe puis un personnage. Des faits prépondérants avaient été gommés, des dates délibérément mélangées ou subrepticement confondues, des faits d'armes surexploités, des épisodes clés atténués ou des relations purement et simplement escamotées. Mémoires qui omettent les liaisons dangereuses. Mémoires qu'il faut lire entre les lignes. N'est-on pas en droit de demander une neutralité historique aux historiens de leur propre vie de la même manière qu'on demande aux historiens de l'Histoire collective un devoir d'objectivité ?

Les membres de ce club, latinistes de formation pour la plupart, connaissaient la vérité et sa représentation donnée. Ils étaient devenus maîtres dans ces tours de passe-passe, aguerris à l'usage de la fiction instrumentalisée à des fins de vérité, des fins de protection, de survie. La capacité à se jouer de la réalité, à faire des allers-retours entre fiction et réalité, à osciller entre secret de polichinelle et vérité, était une seconde nature. Pour Laurent, les mots avaient été pris pour argent comptant.

Nul n'est censé ignorer l'écrit. Mais il fallait ne rien en laisser paraître le soir même ou le lendemain, comme si tous ces mots n'avaient jamais existé. Une fois lus, les mots et leurs messages étaient instantanément refoulés, laissés pour compte. Le mépris portait sur toute tentative d'analyse, laissée au *vulgum pecus* : une théorie plaintive et fumeuse abandonnée à la faiblesse des bourgeois.

16

Nous étions devenus, Laurent et moi, des manants à l'adolescence rendue infernale, enfermés dans un duel fratricide. L'un d'entre nous, pressentions-nous drôlement, allait peut-être y rester. Cet amour-là était impossible. Mais nous demeurions pour l'heure, chacun l'un pour l'autre, la seule personne à aimer. Unis dans la même solitude et les mêmes interrogations en souffrance. Faute de réponses, nous nous battions comme des chiens enragés, balafres suintantes, traumatismes crâniens, ecchymoses violettes, lèvres tuméfiées, éclatées, doigts tordus, côtes percutées, arcade sourcilière explosée. Le service des Enfants Malades à l'hôpital Necker m'accueillait sans mot dire à intervalles de plus en plus rapprochés. Que dire lorsqu'arrive une enfant de ministre, couverte de plaies ? Rien, surtout lorsque le père est héroïque et d'autant plus héroïque qu'il n'est pas là, concentré sur ses nombreuses activités d'intérêt national. La société allait bien sûr veiller, en son absence compréhensible, sur ses petits morpions. Son indifférence perpétuelle le rendait curieusement plus présent aux yeux remplis d'admiration de l'interne de garde, fou de montagne et d'épopées glaciaires, sur lequel je tombais invariablement, emmenée dans l'urgence par ma mère.

« Oh non, pas encore lui ! » pensais-je à la vue de celui qui accueillait avec ravissement la fille de son héros favori.

Ma mère, pleine d'égards princiers avec tout personnel soignant, s'enquérait des différentes techniques de suture avec l'intérêt de l'encyclopédiste. Après une porte, une bouteille d'Orangina, une poêle, des projectiles en tous genres, Laurent avait abattu sur mon crâne un skateboard qu'une de mes tantes m'avait offert pour Noël, causant une large entaille sanguinolente. Une quinzaine de points de suture était nécessaire pour refermer la béance.

« Ah, ma jolie, encore un coup de votre grand méchant frère ! Allez, on va vous recoudre tout ça ! Mais non, surtout pas, madame, nul besoin d'anesthésie ! Pensez-vous, son papa qui en a vu d'autres en aurait honte pour sa fille ! »

Son enthousiasme immodéré pour la couture m'inquiétait, ce n'était pas peu dire. L'infirmière aux yeux ardents et à la blouse cintrée approuvait chacun de ses gestes d'un sourire de scène, conquise par sa maestria chirurgicale.

S'immobilisant le temps propre aux grands chefs d'orchestre, il s'élança dans la réalisation hâtive des points de suture sur mon crâne. Il était tout à son évocation fébrile de cette bible de l'alpinisme, dictée par mon père, qui avait bouleversé sa jeunesse, inspiré sa vocation, changé sa vie.

« Mais votre père, votre père, c'est un héros ! Un héros ! D'ailleurs, il faut que je vous dise, c'est mon héros… » s'arrêtait-il essoufflé, perdu dans l'altitude de ses pensées, gonflé à l'hélium du désir, les yeux écarquillés par le besoin de témoigner son éperdue reconnaissance par mon relais, ne manifestant aucun signe de mobilisation pour sa tâche, certes humble mais, elle, tout à fait actuelle. « Moi, après avoir lu *Himalaya 8000*.

— Non, non, *Annapurna Premier 8000*. Attention s'il vous plaît, faites attention s'il… » cherchais-je à placer vainement, fermant les yeux, ses doigts agités passant et repassant nerveusement le fil dans ma peau, tirant sèchement sur l'aiguille à chaque passage avec la rudesse d'un cordonnier ficelant une semelle de chaussure.

Il avait enfin plusieurs interlocutrices sous la main, c'était le moins que l'on puisse dire, et, transporté, galvanisé, racontait par le menu ses multiples aventures dans les Alpes, ne manquant pas de jeter quelques œillades à l'infirmière qui lui offrait en retour de longs regards enamourés. Même Neil Armstrong, décrivant son atterrissage sur la Lune, n'aurait pas été plus disert. Ma mère suivait, atterrée, l'itinéraire imprévisible de la suture.

Mais le pire était à venir, lorsqu'il se mit en tête de montrer à son assistante subjuguée les mouvements de son piolet s'encastrant dans la glace vive du couloir Copt, alors que ce fanfaron avait été, en fait, treuillé en perdition par un guide comme un vulgaire sac de dégaines. Tout en continuant à déblatérer sur ses assauts, il se frayait impitoyablement un passage dans mon cuir, s'invitant dans ma chair, m'arrachant les cheveux, chaque ascension était le gage d'une nouvelle incursion de cet instrument primitif n'obéissant plus à aucun principe.

Je ne savais plus s'il valait mieux rester immobile, faire la morte en somme, me détacher de mon enveloppe corporelle comme les grands mystiques ou, au contraire, tenter d'attirer l'attention par des mouvements désespérés des pieds et des mains, par la porte laissée entrouverte, les blouses blanches sillonnant inconsciemment le couloir, ignorant les crimes insoupçonnés de cet énergumène de service.

« Et puis quand on est la fille d'un héros pareil, on est une petite dure, non ? » ajoutait-il, en souriant, alors que les larmes finissaient par couler sur mes joues. Et d'un geste sans ménagement, sa tâche enfin accomplie, à mon soulagement de victime, il cassait le fil de ses dents et détournait de moi ses grands yeux extatiques.

L'image d'Épinal du héros à la posture légendaire, le piolet brandi au-dessus des épaules, se substituait magiquement à la réalité des faits. Le mythe subtilisait toute lucidité et capacité d'analyse de la situation. Un rapt de la réalité se commettait sous mes yeux ébahis et inévitablement désenchantés. Où était-il, ce héros pour la galerie lorsqu'un mot de trop, une préséance oubliée, un devoir inaccompli étaient prétexte au déchaînement du joug sans merci de mon frère herculéen et dominateur ? Un père de pacotille, insensible à la souffrance des siens, indifférent au sort d'une jeune fille, au demeurant la sienne ? Notre appartement était devenu, en l'absence de toute affection et autorité paternelles, une arène dangereuse et mortelle.

Mais Marie-Pierre, reprends-les donc en main, fais-leur faire du sport de compétition, des sports de combat qui les mettront à genoux, enjoignait-on de toutes parts à ma mère réduite à l'impuissance, acculée à la démission parentale, méditative devant une photographie de la Mère postée en bonne place sur son secrétaire marqueté, recluse dans ses appartements comme Marie-Antoinette face aux têtes dansant sur les fourches révolutionnaires, le nez dans la *Critique de la raison pure*, laissée interdite devant ce torrent d'agressivité, ce puits de connaissances vidé de sa substance face au couple de jeunes fauves qu'elle avait néanmoins engendrés ! Des abdominaux en série ! Des slaloms sur des pentes glacées ! Des gués franchis sur des pur-sang survoltés ! Des longueurs de piscine chronométrées ! Plus vite ! Plus fort ! Plus froid ! On ne l'arrêtait plus désormais pour nous contenir. Dépitée, elle actionnait le levier de la centrifugeuse de l'effort telle une idéologue cherchant vainement à maîtriser la réalité enragée qui lui échappait. Nous étions embastillés dans des sports à outrance, inscrits dans des compétitions de toutes sortes, nantis de tous les équipements, les véhicules et les montures nécessaires, quel qu'en fût le coût.

Voilà qui les défoulera, déchargera leur agressivité, détendra leurs muscles, thermalisera leurs hormones, canalisera leur violence héritée du père ! Une fois pour toutes, nous disait ma mère, son fin visage grimaçant de pleurs.

Mais plus nous étions athlétiques, plus nous étions violents. Plus nous étions violents, plus nous étions désespérés.

Je décidai de sacrifier la danse classique à la gymnastique aux agrès, martiale et périlleuse, propre à me donner les moyens de me défendre des attaques dans ce foyer qui n'était plus. Finie la chorégraphie de Béjart pour Noureïev sur des airs de Tchaïkovski. La beauté des adages qui me sauvait de cette maisonnée mortifère. Oubliée la fluidité du buste et des regards émus accompagnés de la légère brisure d'un poignet. La guerre était à nos portes. Les pointes de satin et le port de tête ne suffisaient plus. Il me fallait acquérir des biceps, des épaules, des cuisses d'acier. Des abdominaux pour prendre les coups dans le diaphragme. Des pieds pour en donner. Du souffle, beaucoup de souffle, quand on se bat, le rythme cardiaque s'élève à un niveau vertigineux. Enfin devenir, à mon tour, sans compassion, sans vulnérabilité. Je me coupai les cheveux très court et, cultivant un air androgyne, ne pouvais plus entrer dans un magasin sans y être accueillie par un « Bonjour, jeune homme ! » de bon aloi.

Non loin de la place d'Iéna, dans la salle d'un gymnase d'école, des rails de néons émanaient quelques faisceaux de lumière blafarde lors de l'entraînement de la soirée. La poutre et les barres asymétriques étaient restées en place pour permettre aux gymnastes les plus zélées une ultime préparation pour la compétition du lendemain. Nous étions un groupe d'adolescentes, déjà exaspérées par leurs rondeurs, nous parant afin d'effectuer les acrobaties les plus risquées. Les mains enduites de magnésie, endolories par les ampoules à vif, recouvertes de gants de cuir blanc, nous nous lancions l'une après l'autre à l'assaut des barres dans d'indénombrables mouvements de bascule. Sauts périlleux au sol, sauts de main et souplesses sur la poutre, vrilles à la sortie. Nos corps industrieux répondaient du tac au tac aux injonctions malgré les envolées et les chutes immanquables. Le corps devenait l'outil démultiplicateur de nos rêves, des projections les plus audacieuses dans l'espace. Une créature indépendante mais aux ordres, à l'échine parfaitement souple, au pied précis, endurante, se contentant de si peu, répondant éternellement présent. Ce contrôle de vie dont nous étions privées, nous le regagnions en maîtrisant nos corps propulsés dans les airs, soumis aux pires régimes. Leur mécanique huilée en faisait un appendice, pour moi une arme vivante. L'anorexie pointait son nez avec son cortège de privations et de mésestime. Que ne faudrait-il pas endurer pour améliorer notre balistique ? Nos hanches étaient envahies des lésions provoquées en percutant la barre inférieure. En me faisant mal, je m'aguerrissais. Mon dos, de plus en plus élancé et galbé, tendait à ressembler à celui d'un jeune samouraï. Ingeborg, le gourou de gymnastique, me regardait subitement d'un drôle d'air. De son côté, Laurent faisait rugir des cylindrées de trial dans tous les grands circuits de France. Après le football, il avait jeté son agressivité et son désir de vaincre dans des compétitions de motocross. Nos chemins ne faisaient que se séparer pour mieux se rejoindre.

17

Un lundi de Pâques, Laurent et moi nous étions faufilés sous un faux prétexte dans la dernière benne de cinq heures, celle des pisteurs des Grands-Montets, la descente de ski mythique de la vallée de Chamonix. Je devais avoir treize ans et lui seize. Laurent traversait la gare téléphérique à grandes enjambées et descendait les redoutables escaliers de fer en se laissant filer comme une araignée, les coudes à cheval sur les rampes glacées.

L'Aiguille Verte émergeait silencieusement du plafond de brouillard, elle semblait avancer vers nous, son dôme parcouru par des stries de vent avançant par saccades. Il n'y avait maintenant plus personne, seul un écriteau dérisoire marquait la fin du balisage, le début des crevasses et des risques d'avalanche. Après avoir dévalé la même cascade d'escaliers, la terreur d'être emportée par une plaque à vent, indétectable, m'envahit. Je me lançai néanmoins à monoski vers la descente du Pas de Chèvre dans un vide blanc, l'ombre mouvante de mon frère comme seul guide.

On descendait le hors-piste par une succession de demi-voltes. J'avais perdu jusqu'à la sensation de monter ou de descendre à cause de l'invisibilité de la neige et de son volume. Puis, un plateau déclinant laissait place à une série de couloirs vertigineux qui surplombaient un glacier compact. L'ombre caverneuse des Drus envahissait les pentes qui lâchaient des surcroîts de neige par coulées intempestives. Un silence mortel habitait ce sanctuaire. Laurent planta ses bâtons au départ du couloir le plus en amont.

Le Rectiligne débutait par un boyau relativement enneigé et débouchait sur un vaste miroir de glace bleutée d'une centaine de mètres incliné par endroits à 45°.

« Tu vois ce couloir ? Eh bien, je vais le descendre tout droit. Regarde ! aboya-t-il.

— Non, c'est en mauvaises conditions ! C'est trop difficile en monoski, je veux prendre la voie normale ! » criai-je d'une voix noyée, évidemment inaudible.

Il n'écoutait rien. Je ne l'intéressais pas.

Je n'entendais plus rien, le bruit de mes gestes étouffé par mon équipement.

Il se laissa glisser, penché en arrière, les bras écartés, bombant le torse, les cheveux touchant la pente, les spatules de ses skis relevées. Je regardais pétrifiée sa trajectoire droite, silencieuse, inéluctable. Les crevasses en contrebas, disposées en alvéoles, attendaient leur prochain « client ». À la dernière seconde, au moment même de les atteindre, il rassembla brusquement ses carres et, dans un mouvement sec, effectua un virage salvateur.

Je n'osais renoncer. Munie d'un tel engin, il m'était impossible de remonter. Je m'engageai aussi sur le miroir bleuté, veiné de strates blanches, irradiant comme une patinoire inclinée, et commençai à tournoyer d'un bout à l'autre, à tout moment menacée par la perte d'équilibre. Je voyais en bas la silhouette de Laurent, légèrement inclinée sur ses bâtons, je devinais son regard suivre ma descente lente et périlleuse.

Je me concentrais intensément sur chaque saut, un pari acrobatique effectué de carre en carre, persuadée de déraper, d'être irrémédiablement entraînée dans ce boyau de glace. On n'entendait plus dans le silence hautain du lieu que le fracas de la planche qui s'abattait avec un bruit rauque sur le fil glacé. J'étais alors en nage, empêtrée dans ma veste de montagne isolante. À mi-descente, oscillant périlleusement, j'osai finalement lever la tête afin de regarder l'espace où était postée la silhouette. Celle-ci avait disparu. Laurent s'était volatilisé.

J'avais descendu, indemne, l'intégralité du couloir et me faufilai entre les crevasses avec le sentiment euphorique d'avoir remporté une victoire tout en priant de ne pas briser sur mon passage un pont de neige précaire, fragilisé par le soleil fugace. Celui-ci passé derrière la ligne de crête, je voyais à grand mal dans le clair-obscur le couloir de sortie de cette odyssée, rocailleux, fourmillant d'odeurs printanières de terre fraîche, d'herbe fripée et de ruisseaux de fortune, qui descendait abruptement sur la mer de Glace et permettait finalement l'accès au train du

Montenvers, de l'autre côté du glacier grondant mais assoupi. Une sorte de volcan glaciaire qui, en son temps, avait fait des siennes, avait produit une langue de séracs léchant la terre jusque dans la partie civilisée de la vallée, puis s'était replié dans un dernier acte de bouderie climatique, signe de la rétraction du XXe siècle, comme une femme sensuelle qui n'accepte plus de laisser libre cours à des désirs intempestifs et capricieux.

De retour à la Tournette, la maison de ma mère autrefois, personne ne s'en avisa. On ne saisit pas le défi répréhensible qui avait pris place dans l'après-midi. Mon frère, le visage bruni malgré les auréoles des lunettes, les pommettes de bronze modelées par le soleil d'altitude, fartait ses skis sans lever la tête et nous fîmes comme s'il ne s'était rien passé. Tout ceci resterait entre lui et moi, dans notre silence à nous, comme à l'habitude.

Du fond de vallée encore obscurci le lendemain matin, la bombance du mont Blanc luisait au soleil, sa blancheur le rendait irréel. Autour de cette maison cerclée d'une balustrade et semblable à une toupie, on retrouvait encore par endroits des taches de neige évanescentes sur des restes de gazon. Une singulière maison de ville construite dans l'entre-deux-guerres pendant les années folles de Chamonix au cours desquelles Stavisky, fuyant la vindicte des épargnants, avait finalement été retrouvé, traqué par les gendarmes, suicidé dans son chalet, et Mussolini, exilé, avait séjourné dans une maison maçonnée. La vallée, longue et étroite, n'avait cessé au cours du dernier siècle d'être au carrefour de fuites, d'évasions, d'enfants cachés entre la Haute-Savoie, la vallée de Sion et le val d'Aoste. Le massif du Mont-Blanc, tout au contraire d'une frontière impénétrable, avait offert ses bras, ses grottes, ses planques, connues seulement de quelques cristalliers, ses glaciers à ceux qui devaient fuir.

C'était une citadelle interdite, une imbrication de tours, de corniches, de faces rocheuses, de couloirs et de moraines, dotée de lois et de codes qui s'opposaient naturellement à ceux des hommes et condamnaient d'avance ceux qui n'y étaient pas initiés.

Endolorie par le duel de la veille, je ne songeais qu'à lire, allongée à même le rocher de la terrasse. De temps à autre, je palpais la robe de quartz qui embaumait le soleil, une peau rugueuse, jamais domestiquée malgré les Dulfer et les techniques d'escalade inventées par les hommes pour se l'approprier. Il faisait si chaud que je m'étais progressivement débarrassée de mes vêtements et j'étais alors pratiquement nue, un léger châle couvrant mes hanches. Une jeune femelle d'humeur féline ouvrant incidemment un œil sur les cimes traversées par la brume. J'avais beau être devenue impitoyablement musclée, un filin d'acier torsadé à l'usage intensif des agrès, des seins naissants apparaissaient, envahis par les rayons du soleil. La température était anormalement élevée malgré le courant d'air frais qui traversait la vallée. Une série de clics se fit entendre. Mon père avait compris cet épanchement comme une invitation à me photographier. Il avait sorti un appareil photo de professionnel que je ne lui avais jamais vu. C'était si rare que mon père s'intéresse à moi que je fus d'abord flattée. Puis, un peu prise de court par ce qui se révélait être un reportage. Il me suggéra de m'allonger d'un côté, puis d'un autre, de me rasseoir en tailleur, de me tenir droite afin de me prendre sous le meilleur angle, de dos et de fesses. Quelle attention ne montrait-il pas à mon égard, souhaitant instamment mettre en valeur cette féminité tant attendue, par moi longtemps refusée, faisant glisser négligemment de sa main le châle sur le rocher ! Mon père me félicita. Enfin sortie de l'enfance, un peu de consistance charnelle ! Les photos se succédaient, puis il s'approcha et, dressant son avant-bras tendu vers le haut, me murmura avec un petit rire de séducteur expérimenté qui vous veut du bien :

« Tu verras, ma petite, comme toutes les femmes, c'est cela que tu aimeras, un sexe dur qui te fera bien jouir. »

Je ne répondis rien, polie, encaissant, feignant d'être blindée. Cet homme avait renoncé à être un père. Je le savais mais le deuil d'un père aimant n'est jamais acquis. Toujours subsistait un dérisoire, misérable espoir qu'il me prenne dans ses bras sans malice et respectueux. Qu'il m'appelle par un petit nom coutumier, par exemple un « ma chérie » tout bête, tout simple, apparemment très commun selon ce que je constatais dans les autres familles mais qui ne m'était jamais arrivé et me faisait donc fondre, enfant, quand le père apitoyé d'une amie avait un geste de tendresse paternelle envers moi qui n'étais pas sa fille. Qu'il marque son autorité, une exhortation à faire des choses utiles, des remontrances pour mes incartades, mes excès, ma désinvolture connue, quel que soit le domaine, quel que soit le sujet. Qu'il exprime un intérêt, voire un scrupule, pour mes résultats, mes nombreux accidents, mes anniversaires, mes drames si modestes en comparaison des siens. Mais rien de tout cela n'était ni ne serait jamais. Comme pour Laurent, il était un père idéalisé mais inexistant. Pire, il était traître et dangereux. Seuls primaient son rapport de séduction fatale avec les femmes et leur assujettissement doctrinal absolu à sa légende. J'en avais pris mon parti, aussi loin que je pouvais remonter dans le temps. J'étais une adulte avant l'heure ou plutôt une adolescente mal grandie, sans tuteur, poussant sauvagement dans la rosée du matin. Peut-être même l'attendais-je finalement, le cœur ardent et résigné, ce moment de confusion et de face-à-face désillusionné ?

J'étais tout de même plus troublée que je ne voulus me l'avouer par la tentation souterraine, viscérale qui se faisait jour, ce viol du regard, de la parole dont j'avais été prévenue. Absolument prévenue, de longue date, par ma mère, par ma demi-sœur aînée, par toutes les femmes qui avaient croisé sa vie, et déterminée à partir pour ne jamais revenir, condamnée à l'exode filial, souhaitant, pratiquement, annuler mon lien de gènes et de sang avec lui. S'il y avait eu alors un marché d'occasion des pères, je l'aurais cédé pour un franc symbolique.

Puis il revint quelques jours après avec les clichés développés sur de grands tirages papier, satisfait de lui-même, les montrant à qui le voulait. Regardez ma jolie fille, disait-il alors que sa nouvelle femme, sidérée, ses beaux yeux azur devenus brillants et les joues rosées, réalisant subitement de quoi il s'agissait, s'avançant vers lui dans une attitude de supplique :

« Non, non, Maurice… Maurice… Non pas elle, pas ta fille ! » dit-elle avec cette douceur de femme aimante et sans illusions, incapable de reproches.

Laurent et moi étions des enfants avertis de la libido de nos parents, fraîchement exprimée, admirant cette liberté de langage incroyable qui, à notre grande joie, choquait les puritains, les pudiques, les prudes, les hypocrites, les petits mesquins, les frustrés, tous les grands ignorants et les abandonnés de la volupté. Ils assumaient au grand jour, l'un et l'autre, leur goût, je dirais même leur culte pour le plaisir, une sorte de météo de leurs désirs qu'ils présentaient quotidiennement avec cette franchise née de la grande expérience de la vie et le sentiment de se comporter en parent honnête, aguerri, légitimement soucieux de procéder à notre instruction naturelle. Nous leur reconnaissions dans cette faconde une dimension supplémentaire, leur capacité à se situer franchement au-dessus de la masse, le prestige d'avoir maîtrisé le langage insolent, intime, propre au concert secret qui se tient entre les hommes et les femmes, et qui les rendait si forts et si libres. Une impudeur décontractée que les pulsions libérées de la guerre et de l'immédiat après-guerre avaient autorisée, puis confortée dans les années 1970. Nous étions les enfants dégourdis d'un milieu privilégié qui restait doucereusement hypocrite. L'un et l'autre de nos parents avaient « vécu » et parlaient sans fard, sans vulgarité, précisément de ce qui était. Ils étaient un présage de ce que réservait l'avenir adulte. Et leur fierté était peut-être le seul cadeau précieux que nous reçûmes d'eux.

Mais la confrontation inévitable, incontournable de l'après-midi voulait simplement dire que mon père n'était pas un père. Hormis la légende fabuleuse qu'il s'était créée et pour la survie de laquelle il combattrait pied à pied, il se comportait comme s'il ne voulait pas se transmettre. Jamais, étrangement, il n'emmena l'un de nous, ses enfants, au camp de base de l'Annapurna, nous montrer le lieu de naissance de son épopée.

18

Sans surprise, j'eus soif des autres et de la vie qui appelait. La nuit devenue illicite, la vitesse par tous les moyens et le désir fugitif des hommes devinrent irrésistibles. Mes relations avec le monde extérieur connurent une brusque embardée, puis un emballement impossible à contenir. Rien ne s'y opposait, la clé était sur la porte.

Le processus d'émancipation étant déjà très engagé, je me débarrassai des contraintes logistiques. Au mépris de toute réglementation et de toute prudence, je conduisais la nuit à grande vitesse la voiture de ma mère, supposément au parking et qui ne servait jamais. J'avais de l'argent sur un compte en banque, ma mère considérant qu'il fallait nous rendre autonomes le plus rapidement possible, à n'importe quel prix. Je surnageais le jour dans une existence de façade et ne vivais vraiment que la nuit, peuplée de rencontres, d'intoxications et de révélations. J'y trouvais une communauté de semblables exilés, joyeuse et accueillante. Il y eut un Yougoslave réfugié à Paris, une force de la nature à l'humour balkanique, fêlé, aimant plus que de raison la vodka. Puis, un fils de famille migrateur, héritier d'une ferme perlière tahitienne, transportant des sachets de brillants et de perles noires entre Los Angeles et Kuala Lumpur. Un marin rencontré quai aux Fleurs, dessinateur de mes jambes à ses heures. Un journaliste anglais, francophile, correspondant d'un hebdomadaire américain qui écrivait mes dissertations d'histoire dans une boîte de nuit de Saint-Germain. Et je dérivais dans un rêve féroce, emportée par l'exubérance générale, en décalage avec les autres filles de mon âge et avec l'univers auquel j'étais censée appartenir.

Combien ai-je désiré me perdre, peut-être en finir, poliment rassurons-nous, dans les plaisirs et les alcools, la vitesse à outrance jusqu'à l'ultime collision ! Tout m'était licence, un grand magasin de sensations et de promesses au crédit illimité qui ouvrait ses portes, offrant des possibilités chaque fois renouvelées. Un mirage souriant se confectionnait sous mes yeux pour me convaincre qu'il était facile d'aimer, facile de penser, facile de vivre. Il éludait sournoisement toutes les difficultés et les entraves. Ce désir sans bornes allait trouver refuge et réponse dans les bras du premier venu, ou du deuxième ou du troisième. Puis, le mirage se défaisait et la réalité des corps apparaissait, la volupté nécessitant un intrigant pas de deux charnel, un abandon périlleux, presque inconcevable, des fantasmes nécessaires mais à l'échafaudage fragile, mèche à l'irruption du plaisir. De même, tout effort intellectuel mettait en évidence l'ingratitude de ma pensée, mes intuitions supposées prometteuses mais partielles, insuffisantes, exigeant des méthodes et une concentration dont j'étais incapable. Rien ne s'obtiendrait sans négocier avec cette réalité difficile, visqueuse, coriace, parfois fastidieuse, dérangeante et sans merci. La vraie dimension de la vie, j'en prenais conscience péniblement, c'était l'effort agrémenté de risque.

Plus je me libérais de notre communauté opaque, plus Laurent s'enfonçait dans une retraite obscure – dans sa chambre laquée de rouge bordeaux – dont je ne savais pas si elle était choisie ou imposée. Nous avions décidé de nous ignorer, lui fustigeant cette liberté irresponsable, immorale même, obnubilé par une réussite obsessionnelle, surhumaine, se mesurant déjà à ses dieux, et moi redoutant chaque jour davantage sa figure dantesque.

Pourtant, je sentais son admiration teintée d'appréhension devant mon apparente facilité à traiter avec le monde extérieur dont il imaginait à son endroit des attentes démesurées. Il enviait et s'alarmait à la fois de ma faculté, maintes fois diagnostiquée mais qui, cette fois, faisait irrruption de toutes parts et à chaque instant, de prendre la tangente. Aux quelques repas qui restaient en commun, il me tançait vertement sur ma « moralité », ma « réputation » et l'« honneur » de la famille que j'entachais en me comportant de la sorte.

Un soir, à l'entrée de la nuit, un de mes tout premiers fiancés, un jeune homme blond armé d'yeux verts en amande posés sur un long visage triangulaire, se posta au bas de notre immeuble, dans une Daimler décapotable blanche dérobée à son beau-père.

Au moment où je me préparais à prendre la poudre d'escampette, une habitude devenue notoire, je traversai le salon. Laurent était assis à l'autre bout dans un fauteuil. Il venait de procéder au nettoyage d'un fusil de chasse d'un armurier anglais fameux, un calibre douze que Pierre lui avait offert pour son anniversaire. Taciturne et absent, il jouait machinalement avec ce fusil, dont je ne savais pas s'il était chargé ou non. Le nez dans la mécanique, sombre, il déclara sans semonce sur un ton de commandement :

« Tu ne peux pas sortir sans mon autorisation !

— Je n'ai pas à avoir ton autorisation. J'ai celle de Maman.

— C'est faux ! Tu mens ! Si tu oses sortir, espèce de salope, je te détruirai ! vociféra-t-il à la manière d'une bête.

— Eh bien, très bien ! Fais-le ! » répondis-je crânement, autant par peur que par défi.

Je saisis mon manteau à la volée, prise d'angoisse à la perspective d'une course-poursuite barbare qui serait atroce et le résultat connu d'avance, fonction de nos capacités physiques. Du coin de l'œil, dans le mouvement qui me mena vers la porte, dans une sorte de ralenti, je discernai l'éclat de métal du canon dans le halo de la pièce. Laurent avait épaulé. Je dévalai les escaliers sans respirer, les jambes en coton, et m'engouffrai dans la Daimler, demandant aide et protection au jeune pilote effaré.

Ma mise en coupe réglée s'atténua lors du passage du baccalauréat par Laurent en 1983 : examen qui constitua une des plus grandes épreuves de sa vie et de notre existence commune. Une pression fantastique s'était alors abattue sur les épaules de ce jeune homme de dix-huit ans. Il s'était lancé dans une préparation exponentielle, selon un mode d'entraînement militaire, évoquant les pires concours des grandes écoles, sans commune mesure avec l'épreuve en question. Travaillant jour et nuit pendant des mois, il sortait de sa chambre livide, tremblant, hagard, pouvant à peine articuler, à peine marcher, ne cessant de répéter : « Maman, j'ai peur, Maman, j'ai peur… »

Ni les appels au calme de celle-ci, ni ses enseignements ne suffiraient à le rassurer.

C'était une épreuve insurmontable, une question de vie ou de mort. Elle était devenue l'Examen. La perspective d'un échec, parfaitement improbable, évidemment irrationnelle, précipitait Laurent dans le chaos de sa guerre intérieure. Il était transporté d'angoisses irréparables et confronté, sans doute, pour la première fois sans ménagement, à la levée de ses ouragans. Ce terrible passage jeta, enfin, un doute sur son équilibre. « Enfin ». Cet horrible terme qui me plongea dans une culpabilité stupéfiante, irréversible et inguérissable.

Le point d'orgue fut atteint lors des résultats, journée durant laquelle il se liquéfia. Nous pensions, ma mère et moi, qu'il perdrait connaissance à la lecture de sa collante. Il avait obtenu une mention « Assez bien », ce qui saluait un courage, une pugnacité devant lesquels n'importe quelle personne raisonnable ne pouvait que s'incliner.

Quelques mois plus tard, il décida subitement de partir étudier en Suisse alémanique, les études françaises l'ayant déçu, comme la France qu'il jugeait avec une sévérité énigmatique. Rien ne trouvait grâce à ses yeux dans notre pays. Ce faisant, il rejoignit le berceau familial des Herzog. Son prompt départ de l'Hexagone fut pour moi un soulagement et une inquiétude, bientôt suivie d'effroi. Je reçus, un matin, un bouquet de trente roses pourpres qui m'était destiné. Sur le message auquel manquait une signature, mais en avait-il besoin, son écriture malhabile avait dessiné deux mots en lettres immenses :

À DIEU.

19

Dans un grand restaurant des Champs-Élysées, mon père m'a invitée afin de discuter de la pension alimentaire versée en notre faveur, à Laurent et moi, dont il interrompt le règlement ce mois-ci car il juge qu'aujourd'hui, notre « grande » famille rentière a plus de moyens pour nous entretenir que lui, prolétaire de luxe. Ma mère est haut fonctionnaire, gagne un dixième de son revenu mensuel, ne souhaite vivre aux dépens de personne, rien n'y fait. Il s'est mis en tête qu'il se fait avoir dans cet éternel marchandage. Je suis constamment dans la ligne de tir entre mes parents et me reproche d'accepter d'endosser le rôle de préposée aux récriminations.

« Tu comprends, je suis soutien de famille, ma femme ne travaille pas et j'ai deux enfants en bas âge ! Je supporte des charges très lourdes. Ta mère bénéficie, elle, du bras séculier de sa mère et de ses châteaux familiaux ! Et puis en France, les revenus du travail sont très lourdement taxés par rapport à ceux du capital ! déplore-t-il, levant les bras au ciel, comme si nous étions, Laurent et moi, deux tapis en négociation.

— Tu as un train de vie bien supérieur au sien. Maman ne s'accorde aucun luxe, prend les transports en commun et gagne sa vie en travaillant au ministère tous les jours. Les châteaux ne génèrent aucun revenu, bien au contraire. En plus, ils ne lui appartiennent pas. Et puis c'est de notre avenir qu'il s'agit ! Ta femme pourrait aussi songer à gagner sa vie.

— Ce n'est pas parce qu'elle n'a pas les diplômes de ta mère qu'elle ne pourrait pas trouver un emploi. Elle a fait des études d'interprète ! Mais je ne veux pas que ma femme travaille, enfin ! » dit-il, exaspéré.

Il s'arrête et, après une pause pendant laquelle il m'observe, se redresse et me dit, doucereux, sur un ton de reproche :

« Est-ce que tu veux vraiment détruire une petite famille ? »

Puis il me parle d'une jeune femme, comme tant d'autres qui l'ont précédée à notre table, prises dans ses filets, ravissante Tchèque s'échappant du bloc de l'Est et demandant l'asile politique, Américaines en vadrouille, Russes, Japonaises, beaucoup de Japonaises auxquelles il a pris goût en effectuant des voyages de promotion financés par l'office du tourisme chamoniard afin de « vendre » le mont Blanc au pays du Soleil-Levant. Une pauvre jeune fille avec un visage « ravissant », précise-t-il, en détachant tour à tour chaque syllabe. Un angélisme ! Une pureté ! Une innocence ! Une jeune orpheline qui a tant besoin qu'on l'aide, méritante, une droiture absolue, d'extraction modeste, un peu isolée. Aurais-je la bonté de la rencontrer, de la conseiller sur ses études et de l'orienter vers d'éventuels contacts à mon niveau, de la réconforter, de la prendre sous mon aile pour lui faire découvrir mes amis, mes fêtes, moi qui ai la chance d'être l'héritière de tant de privilèges ? Tu sais, c'est une jeune fille comme toi, dit-il paternellement, avec ses ambitions et ses désirs mais sans l'aide d'une grande famille comme la tienne. Il lui a donné mon numéro de téléphone, si je peux faire quelque chose pour elle, sa nouvelle fille adoptive, je mériterai toute sa reconnaissance. Il me sourit, sans l'expression de la moindre fourberie. Suspecte-t-il l'éclat de haine qui brille dans mes yeux ? Je me contiens dans un mutisme effroyable. La silhouette de Tchen dans *La Condition humaine* se faufile entre les tables du restaurant, je la vois entrant dans la pièce, se camouflant derrière les nappes, se préparant à frapper son ennemi avec un poignard. Je retrouve dans le mépris glacial et meurtrier qui me traverse des émotions semblables aux sempiternelles réclamations de service après-vente dont j'ai fait l'objet toute mon enfance par les femmes qu'il délaissait ou qu'il trompait. Puis, ses yeux se plissent et ses mains se joignent. De toute la hauteur de son buste, il domine la salle, le regard charmeur, un sourire affable sur le visage, saluant du menton l'arrivée d'une admiratrice dans la salle du restaurant, veillant à la présence d'éventuels journalistes. Son visage se tourne vers moi et, après m'avoir demandé de l'aide pour décortiquer ses langoustines qu'il s'emploie à ingérer une à une avec une désarmante habileté, il sort tranquillement la phrase historique, maintes fois répétée, ses yeux plantés dans les miens, sachant que je connais son mensonge d'avance et que je m'y attends, guettant ma réaction, l'œil narquois de me voir me cogner dans ce billard à plusieurs bandes :

« Tu sais, je n'ai pas couché avec elle. »

Ce qui veut dire dans son langage qu'il vient de coucher avec elle, qu'il est en train de coucher avec elle dans la pièce à côté ou qu'il s'apprête, à la sortie même du restaurant, à coucher avec elle. Il éprouve ce besoin de me mentir de la manière la plus flagrante, la plus ambivalente, jouant des apparences avec un art consommé. Il ne ment pas pour cacher mais sans doute pour créer l'ambiguïté, générer de l'adrénaline. Les vrais mensonges au fond l'indiffèrent. Ne l'intéressent que ceux qui sont connus pertinemment de part et d'autre. Un mensonge dont tout un chacun connaît la teneur mais dont l'apparence de vérité doit se poursuivre, coûte que coûte. Il veut faire de moi sa complice et m'entraîner dans son trouble ballet pervers.

« Je ne te demande pas cela, ta vie personnelle ne me regarde pas. Elle ne m'intéresse pas. »

Il se redresse et, irrité, me lance un regard en biais :

« Tu es ma fille. Mais, juge-t-il tout en finissant son assiette, tu es une étrangère. » Il se redresse et me regarde avec un regard qui ne distille en rien le charme qui a fait sa légende :

« Une étrangère. »

Le propriétaire du restaurant accourt vers la table, le maître d'hôtel sur les talons :

« Monsieur Herzog, c'est un honneur pour nous de vous accueillir dans cette maison, vous le grand héros français, vainqueur de l'Annapurna. Nous sommes si heureux de vous offrir ce dîner. Puis-je vous offrir des alcools et des cigares ? » Il se tourne vers moi. « Votre père est un grand Monsieur. »

Mon père me regarde et approuve d'un hochement de la tête.

« Savez-vous que pendant plusieurs années, *Annapurna Premier 8000* s'est vendu davantage que la Bible dans le monde ? lui dit mon père.

— Ah non, non, bafouille le patron, je suis vraiment confus mais je l'ignorais. Je ne suis pas très au fait…

— … Pendant des années, rendez-vous compte, mon livre a battu toutes les ventes de livres dans le monde ! le coupe mon père, la mine ravie. Les droits ont été entièrement versés à un fonds de financement des expéditions himalayennes, je n'en ai jamais touché un seul centime ! Ce qui explique pourquoi ma vie aujourd'hui est si laborieuse. Avouez que cela est assez injuste !

— Honteux, monsieur Herzog, scandaleux même, je partage pleinement votre indignation. Elle est parfaitement légitime et c'est pourquoi nous serions heureux de vous offrir ce dîner », ajoute-t-il en baissant la voix.

Je garde le silence, sachant pertinemment que ces droits auraient tout aussi bien pu être distribués à l'ensemble de ses camarades d'expédition, qui ont joui d'une moindre reconnaissance au cours de leur existence alors qu'ils avaient mis leur vie en péril pour le sauver, ni même eu simplement un droit de regard sur la rédaction de son livre et son contenu.

Puis c'est au tour d'une dame d'arriver à notre table avec un petit garçon.

« Monsieur Herzog, pourrais-je vous prendre en photo avec mon fils ? J'admire tant vos exploits d'alpiniste !

— Et encore, vous ne connaissez pas les autres ! »

La femme, un peu interloquée, poursuit :

« Euh, il s'appelle Oscar. Il a cinq ans. »

Mon père me chuchote :

« Est-ce qu'elle n'a pas de très long cils ? Quels beaux yeux… Une jolie petite pépée ! dit-il en l'appréciant d'un regard de collectionneur.

— Oscar, viens, mon chéri, t'asseoir à côté de monsieur Herzog pour que je prenne la photo. Monsieur Herzog, pourriez-vous lui prendre la main ? »

Mon père s'exécute obligeamment mais le petit garçon pousse un hurlement en voyant ses moignons de doigts et le repousse.

« Eh oui, mon petit, je les ai laissés au sommet. Tu comprends, en descendant de la grande montagne… »

Oscar, en pleurs, s'accroche à sa mère, refuse de s'approcher. Celle-ci, les joues enflammées par l'embarras, parlemente avec son fils, le menace de représailles. En vain. Peine perdue. Rien ne persuadera le petit garçon de poser main dans la main avec l'illustre alpiniste.

Je lis un désarroi fugitif dans les yeux de mon père. Sur la ligne de crête sur laquelle nous marchons péniblement, la compassion prend le dessus. Une dernière tentative…

« Papa, que ton amie m'appelle, je ferai de mon mieux pour l'aider. »

Son visage s'éclaire. Je l'entends entonner un long « Ah ! » satisfait qui est sa marque de fabrique.

« Je savais que je pouvais compter sur toi. Je suis vraiment fier de toi, dit-il en élevant son verre à ma santé. Allez, *salute* ! »

Les sujets domestiques se révélant incandescents, la conversation se déplace vers les sujets d'ordre politique, apparemment plus consensuels. À l'évocation de son engagement auprès de la Chine qui cherche à obtenir son concours afin que le Comité international olympique dont il est un membre influent attribue les Jeux olympiques à Pékin, il m'explique le peu de cas qu'il fait des Tibétains qui n'ont, selon lui, aucune légitimité à s'exprimer. Je rétrograde et passe aux sujets de politique intérieure. Nous sommes en pleine ascension du Front national et on assiste à l'émergence d'un discours populiste, xénophobe et antisémite. Je lui fais part de l'écœurement que m'inspire Jean-Marie Le Pen, pensant qu'enfin, je tiens là un sujet sur lequel nous allons évidemment nous entendre.

« Mais comment cela, c'est un type exceptionnel ; je dirais même formidable ! Tu peux me faire confiance. Il ne faut pas croire les médias, qui sont tous acquis à la gauche.

— Mais tu trouves formidable un type qui parle de l'extermination des juifs comme d'un "détail" de l'Histoire, fait de l'immigration la cause de tous les problèmes en France et décrit la torture en Algérie comme un mal nécessaire ?

— Mais, ma petite, tu n'as simplement aucune idée de ce à quoi on est confronté en période de guerre… »

Je suis bouleversée par la révélation de cette part obscure de mon père.

J'ai en mémoire la photo encadrée, qui lui est magnifiquement dédicacée, du général de Gaulle marchant sur une plage en Irlande en mai 1969 et qui, depuis toujours, repose sur son bureau dans notre maison à Chamonix. Je n'ai jamais pu la regarder sans être envahie par une admiration muette devant un tel personnage. L'impression d'avoir subitement accès à une fenêtre, certes photographique, sur l'histoire de notre pays. L'exemplarité, la persévérance, la constance dans une liberté de penser et d'agir irrévocable, tout ce que dégage cette silhouette, ce long visage déterminé, à présent flétri. Photo prise au lendemain de sa démission de la vie politique. Rappel sans frais de la grande histoire de France et d'une personnalité unique, pour le coup héroïque, et de la composante tragique de nos actes aux enfants que nous étions alors. Que s'était-il passé pour que mon père en arrive à Le Pen et à sa sombre indignité ? De l'esprit de rectitude à l'irrespect prosélyte ? Du rayonnement de la République française conquérante à l'angoisse créant le repli sur soi, la médiocrité et la haine du monde !

La personnalité du Général, ses choix et ses combats exceptionnels, sa hauteur de vues, sa liberté et sa parole ne procédant que de sa volonté, si critiquée fût-elle... Son ombre austère régna, de fait, tout le long de la vie commune de mes parents. L'évidence d'une règle qui s'imposait à ceux qui l'avaient côtoyé. L'autorité morale du Général avait offert une sorte de gage à leur union improbable et contribué, d'une certaine manière, à les élever au meilleur d'eux-mêmes. Ma mère, qui s'était totalement investie auprès de mon père tout au long de cet engagement gaulliste et pendant sa carrière ministérielle et parlementaire, ne l'aurait sans doute jamais fait sans ce patronage moral, avec une telle abnégation et une telle obstination.

Devant l'assertion de mon père, je campe sur ma position furieusement.

« Je pense que Le Pen est un type épouvantable qui fait honte à la France.

— Mais non, c'est un grand orateur, un tribun avec de la poigne (il mime un poing en avant) ! D'ailleurs, je partage un certain nombre de ses idées. Voilà quelqu'un qui n'a pas peur de parler ! »

Le ton de notre conversation monte, je vois les maîtres d'hôtel qui passent près de notre table s'inquiéter de nos éclats de voix. Comme sur tous les autres sujets, notre désaccord sera total. Je le vois gagné par son orgueil légendaire et la fureur de ne pas réussir à me faire plier.

« Écoute, si tu le prends ainsi, et comme tu ne sais pas de quoi tu parles, je vais te le faire rencontrer.

D'accord, ma petite ? Tu verras bien qu'il n'est nullement ce que tu décris. Il t'expliquera lui-même ce qui s'est passé en Algérie et ce qu'il entend par ses idées. »

Déjà stupéfiée par la révélation de cette fréquentation, je reste abasourdie que mon père songe à faire moucher sa propre fille, en désaccord avec lui, par le chef d'un parti de droite extrémiste ! L'amertume m'envahit à l'idée qu'un tel sujet lui donne envie de me voir alors qu'il ne se manifeste jamais le reste de l'année. Mais j'ai la conviction que refuser cette confrontation le conforterait dans l'opinion que je suis manipulée, influençable, trop lâche pour me mesurer à la réalité de mes idées. Je le prends pour un défi moral et politique.

Quelques semaines plus tard, mon père vient me chercher afin de se rendre à un dîner où sont présents Jean-Marie Le Pen et sa nouvelle femme dans un appartement des immeubles Walter au bord du bois de Boulogne. En fait de défi, c'est une comédie infamante et pitoyable à laquelle mon père me fait assister et que je n'ai pas eu la présence d'esprit de refuser, prisonnière de ce rapport filial frustré. Le chef du Front national est en quête de respectabilité et d'intégration, ce qui explique la tenue de ce dîner organisé par un grand galeriste parisien auquel participent divers membres de l'honorable establishment.

Ma mère, scandalisée, mais fidèle à ses idées de liberté et de responsabilité individuelle, n'intervient pas – après tout, ne suis-je pas majeure et supposée forte comme dix Turcs ? – et note simplement, désabusée, qu'une des invitées, est une « poule », une « cocotte » qui a réussi à se faire épouser. Dans l'entrée, je suis présentée à une ancienne beauté mondaine au visage torturé par la chirurgie, enturbannée de soie, souriante. Elle me contemple quelques secondes et se tourne vers mon père :

« Oh, Maurice, elle est exquise ! » Me prenant le bras, glissant sur le parquet comme une chenille vers le salon, elle me murmure à l'oreille avec un petit rire d'oiseau, me tapotant légèrement l'épaule : « Vous savez, vous pourriez être ma fille. »

On m'a placée à la gauche de Jean-Marie Le Pen. Un maître d'hôtel noir sert des asperges blanches et garde une hauteur évocatrice lorsque ce dernier se lance sur ses grands chevaux migratoires, son racisme habilement justifié, maquillé, sa haine de l'autre qui est le ressort fondamental de son action politique, ses théories du complot qui expliquent tout et, en particulier à l'époque, son absence dans les médias. Il m'aurait plu que les asperges se déversent, une à une, jetées négligemment sur la table, magnifiquement dressée, par le maître d'hôtel ganté dans un geste resté impeccable. Je vois, effarée, mon père approuver de la tête tous les propos de Le Pen. Dans l'effondrement moral et affectif représenté par cette soirée qui scelle la dissolution de tout lien de confiance et de respect entre mon père et moi, je trouve néanmoins quelques alliés autour de la table pour combattre les différents thèmes au menu politique de la soirée. Ce dîner lamentable s'achève en bataille rangée.

Mon père et moi n'aurions plus que des rapports de surface, dictés par la bonne marche sociale, familiale et, aussi, par la compassion que j'éprouvais à l'égard de son histoire singulière et ses souffrances. J'appris plus tard qu'il en avait été de même pour mon frère aîné, avec lequel il eut de violentes confrontations.

20

Depuis deux années, Laurent étudie en Suisse. Il travaille jour et nuit, s'est volatilisé de l'écran des nos vies. Je suis partagée entre paix retrouvée et appréhension.

Au téléphone, il parle d'un ton saccadé et nerveux de ses efforts qui le conduisent à étudier des matières qui n'ont rien à voir avec le programme universitaire en question. Il s'imagine devoir acquérir une connaissance universelle, y compris des langues anciennes. La terreur d'échouer l'épuise physiquement, rendant encore plus inaccessibles des objectifs déjà embrouillés. Il mène une existence dans un isolement monacal, confiné, entièrement consacré à l'étude, sans que personne puisse communiquer avec lui, ni les autres étudiants qui l'appréhendent ou le moquent, ni sa famille qui le cherche d'ailleurs si peu.

« Bonjour, ici Laurent Herzog, répond sa voix saccadée.

— Je sais que c'est toi, Laurent, je suis ta sœur tout de même, tu ne m'as pas reconnue ? Comment vas-tu ?

— Je viens d'aborder les *Exercices spirituels* de saint Ignace et viens d'achever mes cours d'économétrie. En parallèle, j'étudie l'hébreu et le grec ancien. Mon calendrier de travail prévoit une charge de travail de dix-huit heures par jour pendant les six prochains mois ! Tu as d'autres questions, je suis pressé ?

— Est-ce que tu vas venir à Chamonix à Noël ?

— Il n'en est pas question. Je n'ai absolument pas le temps. »

À l'adolescence, Laurent montrait déjà une ambition illimitée, sans cadre mais aussi sans réalisme d'aucune sorte. Il nourrissait de grands fantasmes puisés dans l'atelier des grandeurs passées. Tout projet était apprécié à l'aune de l'exploit de l'Annapurna ou de la grandeur des Schneider. À l'heure où les jeunes hommes de son âge pensaient aux prépas pour entrer dans les grandes écoles, Laurent avait pour objectif d'être un capitaine d'industrie ou un grand banquier sans imaginer les étapes à franchir. C'était un fantasme, pas un objectif. Lors de leurs rares discussions, mon père encourageait ses souhaits qui n'allaient pas tarder à devenir délirants, sans examiner la situation de Laurent de manière posée.

La mégalomanie du fils renvoyait à la mégalomanie du père, qui n'hésitait pas à rapporter dans un de ses livres : « D'égal à égal, je dialoguais avec les 8000, les géants qui m'entouraient. » Il y avait entre mon père et mon frère, dans cette inconscience, un écho : l'ignorance des réalités, d'eux-mêmes et des autres.

New York, 1985. Laurent suit en été un stage dans une banque d'affaires. À la suite d'un voyage dans le sud de l'Inde, nous nous retrouvons à New York que je viens découvrir, un brin de tourisme adolescent avant de revenir dans le Vieux Monde.

Je vivais mes dix-sept ans, lui avait une longueur d'avance sur moi, déjà un pied dans le monde adulte, empressé de s'attaquer à la réalité des Affaires, pas encore tout à fait sorti de la phase des Études. Je le retrouvai à Upper East Side dans un appartement loué par ma mère au fils d'une héritière américaine célèbre, une diva au visage sévèrement trafiqué ayant connu de multiples aventures de Londres à Venise, une relation historique de May. L'appartement appartenait à un « condo », un condominium, c'est-à-dire à un immeuble impersonnel et hors de prix dont tout le monde louait la beauté, le confort alors qu'il était calé dans un ordinaire urbain. L'appartement avait cette odeur qu'ont les appartements de vieux célibataire, tout en ayant été lavé à grande eau à la perspective d'un locataire d'été pendant les vacances à Southampton, restait pollué par les bruits de la Troisième Avenue qui nous parvenaient malgré les fenêtres à guillotine à double vitrage. On aurait dit un banc livré à la place publique.

Laurent vivait dans un état fiévreux, parlait à une allure précipitée des exigences ahurissantes du monde de la finance, des nuits blanches à travailler en écoutant une radio locale spirituelle et trépidante, me lançant des noms inédits de personnages de ce monde de Wall Street que je ne connaissais pas encore. Pour la première fois, il semblait poser sur moi un regard bienveillant, plein d'un sentiment d'aînesse subitement apparu. Jamais je ne l'avais vu vivre ainsi pleinement, de manière autonome, déterminé à construire sa vie, découvrant des exemples qui l'inspiraient et lui laissaient concevoir une trajectoire propre. C'est le miracle de New York de rebattre les cartes de l'existence. Au cours de cette partie de poker permanente si bien mise en scène, Manhattan parvenait à donner à chacun l'illusion du mérite de sa propre chance.

Je sortais la nuit avec un jeune mondain désenchanté, qui était un guide touristique à lui tout seul, guettant toute opportunité de s'amuser, connaissant avec un souci d'exhaustivité les musées, les restaurants, les bars, les boîtes de nuit. Il portait à l'époque un immense loden et filait à grandes enjambées à travers les rues de Manhattan, le menton en avant, de cet air désespéré qui ne veut pas l'admettre. Comme il était très maigre, on ne savait pas si cette figure parisienne portait un loden ou si un loden le promenait à travers les rues de l'Upper East Side. J'essayais de me libérer, de quoi je ne le savais pas vraiment, en tout cas sans le moindre succès. Dans la torpeur du mois d'août, je rentrai au petit jour de mes festivités et croisai Laurent qui avait juste été libéré de ses obligations.

Et c'est cette nuit-là qui nous fit tous deux définitivement basculer.

J'entrai dans le salon, péniblement ventilé par un appareil mural à air conditionné, et trouvai mon frère assis à la table, la mine défaite, le corps tendu donnant la sensation bizarre qu'un ennemi pouvait entrer dans l'appartement d'un moment à l'autre. Une lampe halogène éclairait faiblement la table à hauteur d'homme. C'était curieux d'habiter chez quelqu'un censé appartenir à une famille américaine richissime mais qui, de toute évidence, vivait à l'économie. Peut-être voulait-il se donner un genre ? Le montant du loyer le démentait. Éreintée par mon entreprise nocturne, je vins ingénument m'asseoir pour prendre des nouvelles de sa journée.

« Comment oses-tu rentrer à cette heure ? »

Dès que je le regardai, je compris que le Laurent des derniers jours s'était volatilisé.

« Je t'interdis de rentrer à une heure pareille ! cria-t-il soudain en brandissant une bouteille de Coca-Cola. Je t'interdis de sortir dans des boîtes de nuit, dans des bars ! Tu te comportes comme une traînée ! » tonna-t-il en abattant son poing sur la table. Il se tourna vers moi : « Je vais finir par te buter ! » hurla-t-il. Je sentis grandir ma fureur. Mais j'étais coincée dans cet appartement sans aucun moyen de faire entendre ma voix. Il m'envoya d'abord sa main en pleine figure. J'eus à peine le temps de sentir la brûlure que je fus soulevée d'un seul tenant et, alors que je cherchais à me dégager, je me retrouvai suspendue par les épaules, les omoplates plaquées contre le mur. Puis, brusquement, il m'arracha au mur comme une poupée, m'aplatit sur la table et me cribla de ses uppercuts.

La peur. Ce n'est pas à cause de sa brutalité physique que je pouvais essayer de parer et prévoir, elle en aurait été paradoxalement rassurante, c'était l'animalité qui émergeait de ses traits noirs. Le visage de Laurent s'assombrissait tout à fait. En une fraction de seconde, une violence sourde, illimitée, clandestine envahit la pièce. Toute civilité semblait avoir été abrogée d'un seul regard. Plus de New York, plus de banque d'affaires, plus de mondain, juste un vieux duel intime entre lui et moi qui aurait pu intervenir dans n'importe quel théâtre et dont je ne connaissais pas l'issue. Devant une telle densité de violence soudainement libérée, je voyais bien qu'il avait déclaré sa guerre au monde. Je n'en étais qu'une étape. Il allait devenir ce qui allait constituer sa condition perpétuelle, un guerrier permanent contre un ennemi imaginaire.

Je contre-argumentais vainement, cherchant à retrouver mon souffle, les lèvres tuméfiées par le sel des larmes et par l'humiliation, les joues en feu, quand il partit dans l'entrée. Il revint avec mon sac à main, menaçant.

« D'ailleurs tu ne pourras plus partir puisque je garde ton passeport et tes clés. Ce sera plus sûr. »

Puis il alla de son côté dans sa chambre en marmonnant quelque chose sans que je m'explique ce qu'il entendait faire. À travers le léger coton de mon chemisier, je touchai des doigts mon cœur qui battait, débridé. Un long moment passa, la tension semblait retomber.

Puis il revint et alors que je redoutais une autre escalade, il s'assit curieusement au bord de la literie bancale qui tenait lieu de canapé, d'abord longuement silencieux, le dos voûté, les mains tendues comme un catcheur, subitement paralysées :

« Tu ne te doutes pas que j'ai appris ici des choses, des choses que personne ne sait », asséna-t-il.

Je l'observais évoluer, prise de court par cette étrange déclaration.

Il dit alors une chose à laquelle j'aurais dû m'attendre de longue date, une chose qui n'aurait pas dû m'étonner mais qui était tout de même inconcevable, que je pressentais sans jamais avoir été pourtant capable de l'anticiper. Un peu comme un film dont on entend parler et dont on survole les critiques qui en décrivent l'univers, le ton et les acteurs. Presque malgré soi, on en théorise l'histoire. On l'anticipe en créant une projection idéalisée ou, au contraire, désillusionnée. Et puis, on assiste par choix ou par chance à ce film qui devient chair, un scénario qu'incarnent des personnages, de la lumière et de la musique. On est alors pris d'assaut par la lumière, le mouvement des plans, la puissance de la musique et des dialogues, l'alchimie de la fiction enfin réalisée à l'écran. L'histoire existe, elle est là sous vos yeux, elle vit.

Laurent poursuivit sourdement :

« Nos parents sont d'anciens communistes. J'ai maintenant acquis la certitude qu'ils agissent pour le compte d'une puissance étrangère grâce à mes travaux ici auprès du Département d'État, me dit-il, relevant la tête, en sueur. J'ai découvert qu'ils travaillent dans les services d'espionnage des deux côtés de l'Atlantique depuis les années 1960. »

Après un moment de stupeur pendant lequel je n'avais qu'une crainte, celle de lui manquer de respect et provoquer à nouveau sa fureur, je ne pus m'empêcher de sourire de l'invraisemblance du propos. Je me dis intérieurement : « Il se moque de moi. » Certes, l'un et l'autre de nos parents avaient été compagnons de route des communistes pendant une très brève période de leur existence. À partir de septembre 1944, mon père avait encadré des Francs-Tireurs et Partisans dans le massif du Mont-Blanc, et ma mère avait participé à une manifestation contre le plan Marshall, mais cela n'en faisait en aucun cas des communistes, plutôt moins que d'autres au vu de leurs parcours ultérieurs respectifs. Et ensuite, l'idée d'une action de concert de nos parents était absurde, compte tenu de leurs rapports pleins d'aigreur.

Je lui répondis donc machinalement :

« Mais… ce n'est pas parce qu'ils ont eu un contact avec des communistes à la fin de la guerre ou immédiatement après la guerre qu'ils sont communistes. Mais de quelles recherches parles-tu ? Tu travailles…

— Tu ne connais rien de mes activités ! » me coupa-t-il avec un ton qui ne souffrait aucune discussion. Puis en murmurant : « J'ai développé ces dernières années un don. Saint Ignace de Loyola l'appelait le don de discernement. Je vois des choses que personne d'autre ne peut voir.

— Mais enfin, Laurent… m'aventurai-je à argumenter avec une prudence de Sioux, cela semble tout de même assez improbable. Papa a participé aux gouvernements Pompidou. Maman a, certes, manifesté avec des compagnons de route du marxisme mais ceci n'était qu'un intermède de jeunesse. Un épisode ou un accident, enfin rien qui démontrerait un quelconque engagement communiste. Et puis leur mariage, leur mariage auquel une grande partie de l'UDR avait assisté…

— Leurs fonctions et leur mariage n'étaient qu'une couverture destinée à jeter de la poudre aux yeux de cette société. Tout était conçu et piloté dès le départ par Moscou. »

Je continuais avec les exemples qui tombaient sous le sens mais compris qu'il était inutile d'argumenter. On se retrouvait soi-même dans la situation loufoque d'entrer dans un jeu improbable, d'errer à l'infini dans un labyrinthe, d'être celle ou celui qui n'avait rien compris et qui était dupe de tout. Laurent avait réponse à tout et devait avoir le dernier mot.

Engourdie par l'absence de sommeil, les coups et les pleurs, une prise de conscience s'opéra néanmoins en moi, dont j'aurais pu entendre le déclic si elle avait été mécanique. C'était donc cela ! Le film de mon frère avait commencé. Je le voyais enfin se dérouler. Une longue période m'avait été nécessaire pour corréler la projection de l'esprit et la réalité. Ce propos n'était pas anodin, je n'avais pas mal entendu et il ne jouait pas, je me rendais compte à quel point ces affirmations délirantes étaient d'une exceptionnelle gravité.

Je le savais depuis toujours, mais ne l'avais pas admis. Rien de ce qui se passait ne m'étonnait. Il me revenait par fragments de mémoire cette sensation de bizarrerie que suscitaient les gestes de mon frère quand nous étions enfants, son regard, sa manière d'entrer dans une pièce, de bouger, son absence d'attention et de contact physique avec autrui, son inquiétante étrangeté. Un étranger au monde. Je me souvenais d'avoir très tôt porté un jugement sans complaisance sur lui : il traînait partout une sorte de monde intérieur en même temps qu'un vieux châle rouge. Dès le départ, moi la benjamine, je me sentais son aînée, investie d'une forme de responsabilité, d'un mandat de protection, d'intercession avec la réalité. Il était là mais pas vraiment là.

Le lendemain, je dus raconter cette scène à ma mère et l'appelai dans le Cher où elle passait le mois de juillet dans le château des Parents.

Je lui annonce que Laurent est probablement malade. Qu'il est anormalement violent mais je ne parviens pas vraiment à décrire en quoi sa violence est anormale puisque, par définition, toute violence est anormale. Je lui rapporte sa confidence stupéfiante de la veille, signe indubitable d'un désordre mental. Les mots pourtant me manquent. Je ne parviens pas à décrire son étrangeté. La description de ce phénomène m'échappe partiellement : plus j'avance, plus il s'évanouit comme un mirage. Il est vrai que l'un et l'autre de nos parents ont côtoyé des communistes pendant ou après la guerre. L'exactitude de ces faits ténus m'embarrasse et je n'ai pas de référence dans le domaine littéraire ou psychologique qui me permettrait de faire valoir le détournement de la pensée que représente l'utilisation de fétus de paille de l'histoire dans l'embrasement mental auquel j'ai assisté. Mon argumentation faiblit. Je me sens coupable d'avancer une telle thèse. Au nom de quoi puis-je proférer de telles accusations ? Suis-je médecin pour affirmer de telles choses ? Pour la convaincre, j'insiste en argumentant *a contrario* : quelqu'un de « normal » ne pourrait pas avoir dit une chose pareille, le coup de l'espionnage. Mais à son absence de répondant téléphonique et à ses soupirs exaspérés, j'entends que cela ne « passe pas ». « Ton frère subit une pression de travail sans précédent, passe des nuits blanches, est éreinté, etc. Il est en passe de réussir dans un environnement professionnel difficile, américain de surcroît. Ne le trouble pas avec tes accusations ! » Ou encore : « C'est un canular et tu fonces comme ça, tête baissée ! »

L'inadmissibilité de cette vérité. Qui suis-je, moi, pour déclarer une chose pareille ? Une sœur jalouse ? Une perverse ? Est-ce ma dernière trouvaille, particulièrement vicieuse, pour discréditer mon frère dans notre duel – de notoriété publique dans le cercle familial – et diminuer l'estime que lui portent ses proches ? N'ai-je pas honte de lui faire cela alors que je lui mène déjà la vie si dure en le concurrençant sur les fronts académique et sportif, lui qui se retrouve en première ligne afin de réussir un absurde pari héréditaire : être le digne fils du héros de l'Annapurna, le digne petit-fils du duc de Brissac, le digne arrière-petit-fils d'Eugène Schneider ? D'être à la hauteur, tout simplement, de ses aînés ?

Je sens chez ma mère une lassitude exaspérée.

« Pourquoi le provoques-tu constamment en faisant des choses qui l'irritent ? Qu'as-tu à sortir sans cesse et à boire toute la nuit, livrée aux mains de la jet set et de ce dégénéré ? » Je suis maintenant, de surcroît, du côté du grand capital et de cette mondanité qu'elle méprise intensément, elle qui a travaillé sans relâche toute sa vie, intellectuelle révoltée et haut fonctionnaire, touchant un traitement modeste.

Ne suis-je pas simplement folle de dire une chose pareille de mon propre frère ?

J'ai certainement la volonté de la protéger, elle me paraît si fragile, une équilibriste sur un fil de vie. Comment dire à une mère que son fils est malade, peut-être déjà perdu ? Tout en étant éblouissante à tant d'égards, les épreuves et ses inclinations personnelles la portent à démissionner de ses responsabilités familiales, devenues des servitudes domestiques indignes de son « niveau » : faite pour enseigner Kant mais pas pour éduquer des enfants. En outre, la maternité ne se conjuguait pas au temps du féminisme revendicatif. Celui-ci fournissait un camouflage utilement moderne à un mode d'éducation antédiluvien dans les familles aristocratiques. De toutes les manières, le coup était parti. Le faire dévier aurait exigé une autre éducation, beaucoup de vigilance, de la confiance et de l'autorité. Qui avait la main sur Laurent ? Personne.

En faisant de moi son héritière en féminisme qui me valait son attention particulière, je devais me comporter en conséquence, c'est-à-dire en bon petit soldat dominant toute situation. Au nom de la cause des femmes, de leur libération universelle, se battre était un devoir. On n'avait pas le temps pour un peu d'humanité. Le pas du féminisme, raide et intransigeant par son caractère idéologique, n'incitait à ne regarder ni en arrière ni de côté.

Enfin, lorsqu'on est rationnel, comment concevoir la déraison ? Plus on a le métier de penser, plus il semble difficile d'envisager une telle faillite personnelle, inabordable par le biais du seul intellect avec lequel la folie sait si bien jouer, comme le chat avec la souris. La perspective de la perte de la raison est insupportable chez les autres car elle ramène chacun à la sienne dans un vertige propre. Tout le monde se doute, dans un effroi légitime, que la raison peut ne tenir qu'à un fil. On ne peut que jouer de l'intuition et de son empathie pour le comprendre dans une bienveillante modestie.

Un silence entortillé suivit quelques mots d'indignation sur la violence de mon frère. Dans ce sourd marchandage transatlantique, ne me demandait-elle pas d'assumer dans un demi-aveu le mal de Laurent, qui ne pouvait complètement l'aveugler ? Une démission maquillée en compassion. Est-ce que je voulais rentrer à Paris ? Avais-je besoin d'argent ? Fallait-il qu'elle appelle la diva, mère du propriétaire de l'appartement ? Non, j'allais me débrouiller. Trouver refuge et sécurité chez des copains en attendant de récupérer mes papiers et mes clés. Elle avait eu ses derniers enfants trop tard, selon ses propres dires. Nous étions trop durs et trop chers. Nous étions un fardeau légué par le mariage Ve République.

21

Le drame se produisit en 1988 en Suisse alémanique, non loin de son université. Laurent s'était jeté d'un pont d'autoroute pour mettre fin à ses jours comme le lui avaient ordonné des « voix » qui envahissaient son esprit. Je l'appris par téléphone à ce moment-là. Je pris un avion pour Zurich, puis un train de banlieue. Laurent était tombé sur un camion, miraculeusement, sans souffrir d'autres blessures que de contusions légères. Son conducteur l'avait emmené à l'hôpital psychiatrique le plus proche, à Vil. Les infirmiers avaient eu du mal à le maîtriser, ce qui ne m'étonnait pas car il était à l'époque athlétique, s'entraînant pour courir le marathon de New York. Il était délirant, me dit-on d'un air entendu. J'avais vingt ans et lui vingt-trois.

Je patientais dans une salle terne dominée par un vieux poste de télévision sonore et inaudible. Sur une chaise de cantine scolaire, quelqu'un d'autre attendait. Un homme d'une trentaine d'années en survêtement, le front dégarni. Il finit par se tourner vers moi et me dit avec un accent suisse prononcé :

« Vous découvrez la région ? Vous n'êtes pas d'ici.

— Je ne suis jamais venue avant, acquiesçai-je. Mais je suis là pour très peu de temps... » bredouillai-je. Je me tournai en biais, n'ayant pas le cœur à faire la conversation.

« Alors, vous êtes une parente du garçon français qui est arrivé il y a deux jours ? ajouta-t-il de son accent traînant.

— Les nouvelles vont vite, oui, effectivement, je suis sa sœur. »

Il prit l'air navré et obstiné d'un usager de l'administration auquel on avait causé une très grande injustice et qui allait, de ce pas, déposer des tas de recours devant les tribunaux.

« Vous savez, votre frère et moi n'avons rien à faire ici. Nous n'avons rien fait. C'est une erreur, juste une erreur, vous savez, ils n'ont pas le droit. »

Je suis entrée dans ce quartier dit de sécurité dont la porte était verrouillée à grand renfort de serrures, ce qui me sembla être à la fois précieux, ridiculement inefficace, un peu comme s'il avait fallu la présence d'un grand chambellan couvert de chaînes dans une maison pour annoncer les noms des invités conviés à un simple dîner. Ou que ces verrous étaient en fait destinés à ceux qui devaient se prémunir de la folie et qui, incapables de la comprendre, l'alimentaient d'autant avec leur peur. Un infirmier, qui ressemblait à un moniteur de ski, m'ouvrit et je pénétrai dans un espace où il n'y avait pas de fauves, mais des gens jeunes et des plus vieux qui perdaient leurs pas dans une salle avec une machine à café pour seul meuble et n'avaient pas simplement l'air dérangé mais de s'emmerder royalement.

Je m'installai près de son lit. Pour la première fois de notre existence, Laurent me parlait à visage découvert. Il pensait que l'on avait inséré des circuits électroniques dans son cerveau. Son masque était tombé. Il avait fallu qu'il tente de mettre fin à ses jours pour que l'on prenne la peine d'évaluer son état mental et qu'il parle de ce qui le tourmentait. Je mesurais l'absence sidérante de tout recours relationnel, le manque de lien, de confiance avec qui que ce soit, et de la solution simplement la plus humaine qui aurait pu rompre son extrême isolement : la parole. Depuis des années, sa psychose bouillonnait comme un chaudron sur le feu, il manifestait maints signes d'étrangeté. Apprenait cinq langues simultanément ; envoyait des curriculum vitae extravagants de vingt pages à des employeurs potentiels en ayant effectué trois stages d'été dans sa vie ; tenait des propos en décalage complet avec la réalité ; s'enfermait dans une retraite totale, coupant court à toute communication. Mais personne n'avait réagi.

L'aveuglement général : des parents, des fratries recomposées, des tantes, des curés, des copains, des professeurs. Laurent était passé à travers toutes les mailles du système. Malgré son agressivité effroyable et son comportement étrange, personne n'avait distingué les traits d'une personnalité complexe, des signes d'une éventuelle psychose. On ne pouvait se résoudre à la simple éventualité d'une affection mentale. Il était intolérable à notre univers, dans lequel tout ne devait être que réussite, puissance, filiation superbe, séduction et légende, d'avoir un malade, mental de surcroît. Chacun faisait preuve d'imperméabilité intellectuelle. Notre rationalité était notre pire ennemie. On s'entêtait à appliquer des schémas rationnels à un comportement qui n'en avait aucun.

Le drame progresse inexorablement sous nos yeux et on ne le voit pas au moment pourtant où l'on a, parfois dès l'enfance, puis pendant l'adolescence, les moyens de le prévenir.

Les raisons qui l'avaient poussé à commettre ce suicide étaient fantasmagoriques et très élaborées. On l'avait bourré de médicaments et il parlait comme s'il titubait, ayant du mal à préserver sa concentration. Ses phrases se dérobaient d'une réflexion à une autre. Sans marquer le moindre étonnement pour les circonstances présentes ni fournir une explication sur sa soudaine liberté de ton, il n'hésita pas à me confier ses rencontres, ses pensées. Il s'était d'abord fait embobiner par un prétendu cercle spirituel dirigé par un Italien au nom de cardinal qui avait cherché à lui soustraire de l'argent. Puis, sa paranoïa l'avait en quelque sorte protégé car il présentait un profil trop complexe, impossible à manipuler pour un escroc, si véreux et roué fût-il. L'escroc à la spiritualité s'était fait dépasser et avait vite déclaré forfait devant un cas aussi compliqué.

Au fur et à mesure de nos échanges sur ses fréquentations suspectes, sa mégalomanie, ses réflexions mystiques, l'interprétation qu'il faisait de chaque geste, de chaque signe, la démonstration d'un complot généralisé organisé contre sa personne, je prenais conscience de l'étendue du désastre dont je n'avais pas au départ suspecté l'ampleur. Ou plutôt, dans une sorte de désespoir, chaque phrase venait littéralement conforter mon intime conviction et, à ma stupeur, incarner mon intuition préalable de la dissociation de sa pensée avec le cours du monde réel. Je réagissais nerveusement avec la tentation d'en rire, l'absurdité de ses propos loufoques laissant croire à l'illusion d'une réparation qui aurait été d'emblée évidente. Une telle fracture ne pouvait qu'être le fruit d'un immense malentendu. Un simple décalage de la pensée avec la réalité. Aucun être humain ne pouvait penser sérieusement qu'il était placé dans la situation de sauver le monde de complots communistes, de la destruction finale et que des rayons lui étaient envoyés par des satellites. La solution était à portée de main, on pouvait la contempler si insupportablement proche, il aurait suffi que je tienne la main à ce frère transporté de délires pour qu'il prenne conscience de ses chimères.

Elle était inatteignable.

Il ne s'agissait pas d'un épisode délirant mais d'un délire construit comme un système. Tous ses propos répondaient à une logique imparable. Je découvrais sans voix un échafaudage d'idées qui, à la manière d'un labyrinthe souterrain, ne cessait de s'élaborer et d'évoluer, semant n'importe quel intrus, changeant de cap avec une déroutante volatilité, refusant à chaque instant de s'avouer vaincu, avec pour seul et unique dessein : démontrer que cette pensée folle avait le dernier mot. Laurent avait raison contre tous et contre toutes. Tel était l'enjeu de son défi surhumain qui ne ferait que croître les années suivantes, se renforçant davantage de toute résistance rencontrée par ce raisonnement effarant et le condamnant à un isolement mortel. Sa solitude confortait sa méfiance pour la raison d'autrui qu'il retournait comme un gant jeté au visage du monde. Une paranoïa intense lui servait de combustible. Son mal happait ses capacités de raisonnement, ses émotions et anéantissait d'une puissance titanesque ses forces vitales. Il l'épuisait. Laurent dormait enfin laissé au repos, parfois quinze heures par jour.

Jamais je n'aurais pensé possible l'emploi par un être humain de toutes ses ressources intérieures à la seule fin de produire des constructions intellectuelles visant à la destruction de soi. Mais, bien au contraire, m'expliqua-t-on savamment, les délires générés par Laurent étaient des manifestations positives, autant de parades pour se protéger d'une angoisse intolérable, l'angoisse de l'implosion de son « moi ».

Un infirmier vint me prévenir discrètement que le chef de service pouvait me recevoir. Comme cela deviendrait l'habitude, la discussion était assez faussée. Je voyais le psychiatre fermement décidé, du haut de sa posture médicale, à ne pas m'en dire trop, de toute façon à quoi cela aurait-il servi, je n'étais pas la personne à soigner. Le diagnostic était enfin posé. Il m'interrogeait et hochait la tête à mes réponses. Je donnais des éléments sur l'histoire de Laurent avec la meilleure volonté possible mais dérisoire, à la manière d'un témoin qui aurait assisté à la circulation d'une rue pendant les quelques heures précédant la perpétration d'un attentat. Toujours des visages assez doux, souvent résignés, professionnels jusqu'au bout des ongles, communiquant une forme d'impuissance. Ils disaient le moins possible de ce patient si défiant et craignaient intensément la collusion avec la famille, qui aurait été mal interprétée. Et puis ils avaient peu de temps à consacrer aux familles si chronophages, réservant leur énergie et leur talent à leurs malades, objets de l'opprobre général.

La prise de conscience de la psychose, de l'incapacité de notre société à la traiter, à en parler, remettait en cause à mes yeux l'ordre de toute chose. Les gens en général, mes parents, leurs parents, les médecins, les amis étaient dépassés par une vérité plus grande que la leur. Tout, à cette aune, ne semblait que comédie humaine, représentations dérisoires. La pensée était dévoyée, ridiculisée, traînée à terre par cette concurrente désinvolte et sans merci. La schizophrénie, échec et mat à la pensée, échec et mat au courage, échec et mat à la mémoire. Un hiver nucléaire m'attendrait au constat d'un tel désastre. Je savais, enfant, que mon frère voguait inéluctablement vers une existence inouïe et tragique. Je m'y étais résignée.

Plus je m'obstinais dans un chemin professionnel qui était avant tout le sien mais excitait mon sens de l'aventure et mon goût pour la performance, plus je dépassais mon frère. Étrange phénomène de vases communicants : plus je réussissais, plus il sombrait. Ma joie de surmonter tout ce que sa maladie m'avait fait endurer laissait place à une souffrance insoutenable dès que je le voyais précipité sur les rochers, comme prédestiné au malheur. C'était lui qui avait pris la balle.

J'avais gagné ma guerre. J'avais contourné, surmonté, dominé l'ennemi avec mes moyens d'enfant, puis d'adolescente, puis de jeune adulte, comme un personnage modestement humain met à terre un monstre fantastique, mais je n'avais pu le tuer, juste lui intimer de garder ses distances. Dans le même temps, je mesurais ce que lire les pensées de chacun, signifiant la disparition d'une pensée sanctuarisée, une condition peut-être incontournable de la résolution de cette maladie, représenterait de dangereux.

Est-ce que j'usurpais mes droits d'exister en suivant les pas d'une existence tragiquement avortée ? N'étais-je finalement qu'une usurpatrice de mon frère, ayant pris ses désirs à mon compte, l'ayant dépossédé de ses espoirs, de ses ambitions, ayant démontré à autrui des qualités qu'il aurait dû posséder, l'ayant finalement supplanté au terme de nos antagonismes d'enfants, m'étant réjouie honteusement de ses déboires tout au long de ma haine générée par sa violence de malade avant de prendre finalement conscience trop tard, impuissante, de son issue fatale et de mon propre malheur ?

22

À vingt-cinq ans, après de vaines tentatives de reprise d'études, Laurent était devenu un promeneur du monde. Il avait décidé que le cadre universitaire ne lui convenait plus et que les étudiants et les professeurs ne méritaient pas son auguste présence. Il serait un *drop-out* assumé et fier de l'être, comme Bill Gates pour faire simple. En réalité, la maladie l'avait décidé pour lui. Il ne pouvait simplement pas soutenir la cadence universitaire, à laquelle il répondait par un travail affolé, titanesque et improductif.

À l'université, il avait jeté toutes ses forces, mangées par les délires naissants et la fatigue que ceux-ci suscitaient, dans une entreprise vouée à l'échec mais qui représentait son seul espoir de rester dans la normalité, un long parcours académique menant à un doctorat. Cela, il était seul à pouvoir le comprendre, même subrepticement. Là où les autres le jugeaient sans indulgence, il jouait en réalité une de ses dernières cartes face à une agonie psychique qui avait commencé dès l'adolescence, probablement dès l'enfance. Sa maladie progressait. Il me faisait penser à un joueur de poker qui bluffait avec un talent incroyable pour ne pas partir de la table mais qui n'avait plus depuis longtemps un radis en poche.

Voyageur, il partait des mois à travers le monde, ivre de ses pensées, la tête brûlante, nomadisant d'un ami à une connaissance lointaine encore ahurie de sa visite. Les gens se sentaient vite responsables mais leur désir d'aider ne résistait pas à la démesure délirante de Laurent qui savait encore, pour un temps, filtrer ce qu'il disait en fonction de son interlocuteur. À ce petit jeu, la maladie était la plus forte, riant des tentatives de raisonnement des uns et des autres, presque moqueuse que l'on songe à remettre en cause sa souveraineté absolue sur un esprit souffrant. Les gens essayaient ce qu'ils pouvaient, ce qu'ils savaient de la religion, de la psychanalyse, de l'amour, des rapports humains et tout échouait pitoyablement.

Sauf la police, il n'y avait plus qu'une autorité qui vaille, celle du ventre procréateur, le dernier ressort animal. Le juge des tutelles parlait en somme à ma mère : ramenez votre enfant à la raison. C'est vous la responsable.

Notre incapacité à le soigner relevait de la non-assistance à personne en danger. On le voyait partir, brûlant de délire, vers des destinations inconnues. Les conditions pour le faire soigner et obtenir son hospitalisation étaient très difficiles, inenvisageables à réunir tant elles étaient nombreuses et tant la vigilance de Laurent avait crû. Il fallait monter de véritables traquenards pour arrêter cette course folle et chacun, mes parents, moi, les médecins, le maire, le directeur de l'hôpital, devait se rendre complice de ces honteuses entreprises. Laurent était rendu extrêmement méfiant par les hospitalisations dont il faisait l'objet, sur demande d'un tiers, en l'occurrence par ma mère, placée ainsi dans une position inhumaine et dont elle ne se remettrait jamais. Vitales, indispensables, elles représentaient une douloureuse corde de rappel à la réalité. Leur mise en œuvre périlleuse confortait, pourtant, et accroissait les pires suspicions de son fils.

Hiver 1990. Laurent, pendant les fêtes, à Chamonix, où il finissait néanmoins par se rendre. Il rentrait dans une pièce. Lourd, courbé, il transportait avec lui son propre monde. Les yeux éteints, il ne manifestait aucune espèce d'intérêt pour ce qui l'environnait. Je l'appelais par son prénom. Il n'entendait pas. Je réitérais. Toujours aucune réponse. Dernière tentative. Péniblement, lentement, ses yeux se tournaient vers moi, comme revenant d'un songe lointain. Ils exprimaient une terrible souffrance. Il y avait une absence dans son regard : une absence de vie, de réactivité, de personnalité. C'était un regard de défunt, un regard qui appelait à l'aide mais qui disait « je sais que c'en est fini de moi ». La seule marque de vie dans ses yeux était la tristesse et la rage envers ceux et celles qui ne l'aidaient pas ou qui le désiraient mais en étaient incapables. Comment le monde avait-il pu le lâcher ainsi ? Soudain, il me dévisageait et, l'air furieux, me disait brusquement : « Pourquoi me regardes-tu comme cela ? »

La paranoïa s'était emparée de lui et le faisait danser au rythme de sa terrible partition. Un feu follet. Il ne supportait plus un regard. Je cherchais à communiquer avec lui, et lui parlais tout en fixant obstinément un objet, n'importe quel relief sur la table basse, afin de ne pas l'offusquer. Accablé de ses délires mystiques, il couvrait son plexus solaire de ses mains, persuadé que l'Antéchrist avait accompli le prodige de lui envoyer des rayons, ouvrant une plaie béante dans sa poitrine. Ne voulant rien entendre à ce que je lui démontrais, de vaines paroles communiquant des arguments aussi rationnels qu'inaudibles sur cette illusion fantastique, il déambulait en zombie au rez-de-chaussée de la maison puis se rasseyait dans un fauteuil du salon, prostré, le regard vide, terrorisé. Quelques minutes plus tard, le manège recommençait. Il se levait, puis se rasseyait. Les protagonistes de cette scène étaient atteints par la vérité de ce destin mais aussi par celle du nôtre : la fragilité humaine, l'existence d'une faille que nous discernions instinctivement sans pour autant l'accepter mais que nous percevions comme un péril propre à notre espèce, une marque ultime qui la distingue de l'espèce animale. Dont nous voulions nous défendre avec nos faibles moyens, nos moyens désordonnés alors que notre lâcheté abyssale, ignorant ostensiblement toute parole sage, toute lumière, toute interprétation offerte par l'Art, triomphait. La lâcheté de la horde humaine prenant stupidement la fuite devant l'idée même d'une menace, condamnant à l'avance ceux qui étaient effectivement accablés. Nous assistions à un schisme entre sensés et insensés mais aussi, imprévisiblement, à la fusion de tout sens jusqu'à sa disparition, au ploiement de la raison sous l'action d'une force irrésistible et mystérieuse, illisible, incontrôlable. Nous étions silencieux, éteints, emplis de crainte devant cette alerte qui nous venait d'ailleurs, qui aurait pu nous atteindre nous aussi et qui nous dépassait littéralement. Une mise en garde suprême. À genoux : nous étions à genoux !

Mon père était médusé, défait, incapable de penser, à peine d'agir, faisant face à l'Apocalypse. L'accord expéditif des médecins et l'intervention de l'hôpital de La Roche-sur-Foron, à quarante-cinq minutes de Chamonix, lui furent accordés grâce à ses contacts dans l'administration de la ville et de l'hôpital ainsi qu'au sein du conseil général. Il fallait ensuite convaincre Laurent de se laisser emmener sans provoquer un déchaînement de violence et sa fuite.

Réunir les conditions nécessaires pour interner d'office Laurent était virtuellement impossible : l'accord simultané de trois médecins était alors exigé. Or, sa paranoïa virulente rendait inimaginable toute confrontation avec un médecin. Laurent fuyait instantanément cette simple éventualité. Sans une action de concert, il n'aurait jamais été hospitalisé. Il aurait donc été tentant de le laisser repartir sur les routes, même dans l'état délirant où il se trouvait. Que pouvait-on faire ? Lui courir après, le faire suivre, appeler la police en l'absence de tout délit potentiel ? Un dangereux principe de précaution qui l'aurait lésé à jamais, dans l'hypothèse d'une atténuation de sa maladie ?

Mais notre passivité n'aurait-elle pas été, dans ce cas, un geste tout aussi insensé ? Indépendamment de la crainte d'un dérapage, d'une faute commise à l'égard de tiers dans la société qu'on ne pouvait pas suspecter ni prévoir, pouvait-on laisser, en dernier recours, quelqu'un errer sur les routes en l'absence de son libre arbitre ? C'est une décision morale. Non, nous ne pouvions pas le laisser nomadiser dans son voyage imaginaire car nous aurions, alors, été tout aussi insensés que lui.

Dans un dernier, minuscule acte de confiance envers la société, Laurent accepta, à mon étonnement, alors que je me préparais au pire, en dépit de sa rage, de ses affrontements violents avec toute forme d'autorité, de se « donner ». Il se laissa en fin de compte mener « comme un enfant ». Appel à la solidarité humaine, foi muette dans la capacité des hommes à résoudre les grands problèmes. « Au secours ! Sauvez-moi ! » disait sa lassitude imprévue. J'écoutais la grâce de cette voix muette, parcellaire, un cri humain à peine audible.

23

Dans l'avion en partance pour New York à l'automne 1993, une seule place restait. La carte d'embarquement mentionnait le numéro de siège, je comptais les allées dans le bourdonnement des passagers installant leurs sacs et leurs manteaux dans l'espace restreint. Un siège était là, vide, qui m'appelait.

Après mes études, je choisis l'exil des chiffres et celui de la langue anglaise. C'était le rêve inexaucé de Laurent, la voie de la finance, son choix devant lequel je me rangeai sans discuter. Un monde parfait où tout était toujours d'équerre par la seule volonté du calcul. Je gardais la nostalgie du frère qu'il aurait aimé être, celui que j'avais vu à Manhattan moins de dix ans auparavant. Le garçon devenu brièvement constructif et mûr en la résurrection duquel j'avais cru, par la vertu toute militaire des nombres.

Paradoxalement, je ne supportais plus sa proximité, ni dans la même ville, ni dans le même pays. Je redoutais son ombre. L'ombre de mon ombre ? En m'installant dans la place vide de l'avion qu'il aurait dû occuper, j'ignorais si je le tuais ou si je lui redonnais vie. Peut-être était-ce notre dernière chance à tous les deux ? Je l'imaginais, tout en m'en défendant, suivre l'envol de la carlingue, debout dans l'aéroport, enveloppé dans son grand manteau d'hiver. Wall Street serait pour moi un étrange salut. Mon échappée américaine.

J'avais aussi quitté la France, exaspérée par l'absence de solution, sans savoir qui et quoi incriminer, déterminée à faire table rase de ce passé et de cet avenir inquiétant, me promettant de ne plus jamais être la proie d'aucune violence. Je m'étais prise au jeu de ces transactions financières qui ne laissent aucun temps de réflexion, aucune respiration pour penser à autre chose qu'au perpétuel mouvement des entreprises industrieuses d'Amérique du Nord et d'Europe, qui s'emboîtent et se démontent à la manière de mécanismes d'horlogerie. Gagner beaucoup d'argent offrait pour quelques-uns dans notre génération un horizon indépassable et l'espoir, pour moi, de faire revivre les demeures du passé.

Laurent avait donné le ton en travaillant en premier à vingt ans dans la banque. Il avait été fasciné par ces grandes réussites de l'argent sur fond de tragédie politique, qui ne nous avaient pourtant apparemment jamais concernés. À l'adolescence, son attention avait été happée par l'histoire de ces grands banquiers survivants de la guerre. Les années 1980 avaient frappé les esprits, surtout les jeunes ambitieux pour lesquels les raiders sans complexes, les grands financiers de Wall Street, leur technicité et leurs rémunérations inspiraient un grand nombre de carrières. Mais l'attraction qu'avait exercée le monde de la finance sur Laurent allait au-delà de la simple ambition. C'était une sorte de rédemption par le travail qu'il avait alors recherchée.

À n'en pas douter, je serais devenue cuisinière s'il avait décidé de devenir un grand chef car j'aurais embrassé toute vocation qui l'aurait séduit. Je vivais par procuration.

Je fus donc agréée comme analyste financier – ce qu'il ne serait pas parvenu à devenir – chez Lazard Frères, à l'époque la plus prestigieuse banque d'affaires à Wall Street parce que la plus exclusive, la plus singulière, la plus mystérieuse. Une agence hybride de la mémoire et de la comptabilité, un pont immatériel de transactions entre « Vieux » et « Nouveau » Continent.

L'ombre tutélaire d'un de ses fondateurs, André Meyer, régnait encore sur les bureaux situés au One Rockefeller Plaza, notamment dans l'agencement des bureaux qui devait témoigner de la grande économie de moyens de la banque. Le *One Rock* était un dédale inattendu et baroque de bureaux et de couloirs, perché dans les derniers étages d'une tour new-yorkaise illustre dont l'architecture ténébreuse semblait ressusciter dans la nuit noire où je la quittais, nuit après nuit de travail, les figures diaboliques des cathédrales. En dehors des vastes bureaux de son président, un équivalent des appartements royaux, les étages étaient surchargés de bureaux austères et minuscules, eux-mêmes ensevelis sous des dossiers, et communiquaient par d'énormes ascenseurs éventés ou des escaliers en colimaçon florentins. La cour était, comme toutes les cours, mal lotie. Michel David-Weill régnait en actionnaire principal et arbitre d'un essaim d'*associés-gérants* anxieux de lui plaire et d'une ambition forcenée. Favoris, mendiants et conspirateurs se pressaient à sa porte.

Peu d'univers rationnels sont aussi sensibles à la puissance des mythes individuels que le monde de la finance. André Meyer et Felix Rohatyn étaient des personnages emblématiques de la banque. On ressassait invariablement leurs faits d'armes aux nouvelles recrues, employés ou clients. Peut-être la proximité des chiffres, l'aridité de la recherche du gain individuel et l'impérieuse rectitude des analyses qui ne tolèrent aucun flou favorisaient-elles ce besoin de créer du sacré ? Il fallait à tout prix à cette communauté de financiers, absorbés par le besoin vital de générer des transactions bancaires, une compensation sur l'objet de leur utilité sociale. Lazard était un monastère de l'argent qui enfermait des moines-banquiers. La banque était ainsi devenue mon cloître.

Les *associés-gérants*, opiniâtres, entretenant des rapports sans merci avec autrui, semblaient assignés à une survie perpétuelle. Leur point commun résidait dans une appréciation implacable et résignée du jeu de pouvoir et d'intérêts du monde des affaires et du monde politique aux États-Unis. Ils s'étaient intégrés à la société new-yorkaise et avaient réussi selon ses critères à elle : discrétion sur leur vrai rôle, intelligence sociale, médiation avec le Vieux Monde, liens puissants avec l'Administration, le Trésor, la Banque centrale, trustees de grandes familles américaines accompagnant dans leur intimité leur enrichissement et leurs drames. Leurs femmes étaient devenues des dures à cuire également, embarquées dans une sorte de manège mondain par lequel elles devenaient les agents d'orgueil et d'influence de leur mari, organisatrices de dîners de charité à l'opéra ou curatrices de musées.

Il y avait là une dizaine d'hommes d'une vingtaine d'années, de toutes origines, de toutes formations, et une poignée de jeunes femmes, indiennes, américaines et européennes, constituant une petite Jérusalem. Entrer dans cette congrégation, c'était jeter ses forces dans un couloir de stade et sprinter au coup de feu d'un revolver. Les feuilles de calcul se succédaient sans fin, élaborant à l'envers et à l'endroit des usines à cracher dilutions, comparaisons et effets de levier. Les analystes étaient concentrés, précis, hargneux, pleins d'une gouaille toute new-yorkaise : des *« fuck it ! », « what the fuck is this ! », « this is out of control ! », « get the fuck it done ! », « fuck off ! », « fuck it all !! »* fusaient au détour de tous les échanges. L'agressivité était reine, roborative, indispensable et jouisseuse. Les *deals* se précipitaient comme des météorites, fruits de recompositions grandioses, de la plus obscure entreprise familiale de l'Ohio à d'énormes oligopoles multinationaux. On traitait un nombre extravagant d'analyses, chacune correspondant à un travail de dentellière, pour le lendemain à la première heure. Et on vivait constamment *on high voltage*, saisissant un avion privé pour rencontrer un client du Middle West ou dévalant Park Avenue à la rencontre d'avocats à la mine grave et lessivée pour élaborer des *prospectus* ou des *poison pills* dans des salles confinées qui, de leurs profonds fauteuils, leurs tables habillées de cuir et caressées par un jeu de lumières dorées, incarnaient à elles seules le pouvoir de l'argent.

La banque livrait une perspective vertigineuse sur cet espace géographique d'une autre échelle que l'Europe, offrant une latitude personnelle sans précédent. À la disparition du communisme et la chute du mur de Berlin en 1989 succédait la suprématie du capitalisme. Dans les années 1990, le modèle américain rugissait de puissance et de créativité : croissance mécanique, chômage virtuellement inexistant, inflation vertueuse, autorités de surveillance inflexibles, innovation technique constante et production médiatique exubérante. Le moindre délit financier, ou la suspicion comptable la plus ténue, provoquait la descente sans ménagement des gendarmes de la Securities and Exchange Commission (SEC). Internet murmurait de manière grandissante dans un désert d'infrastructures de télécommunications. Ses transactions géantes passaient par Lazard comme par le chas d'une aiguille opiniâtre qui brodait le tissu industriel sans discontinuer. Le monde s'américanisait imperceptiblement en adoptant normes comptables, imaginaire cinématographique et techniques financières.

La France donnait en comparaison le sentiment d'un navire mélancolique ressassant ses échecs politiques dans un confinement migratoire défensif, un trop d'Europe ou un pas assez d'Europe, c'était selon, et une absence de cap politique. La seule chose qui la sauvait, vue de ce promontoire atlantique, restait son extraordinaire hétérogénéité culturelle.

Malgré le cosmopolitisme de cette équipe, rien ne paraissait plus superficiel que le concept de mondialisation à l'épreuve de la réalité. Si brillants et divers que fussent ces nouveaux sujets du royaume de Wall Street, leur perméabilité profonde à l'étranger restait nulle. Leur perception du monde, leurs convictions, leurs accents avaient été formés ailleurs, un ailleurs qui se rappelait à eux, fortune faite, comme si leurs rêves et leur loyauté étaient indissociablement liés aux promesses de l'enfance. Immédiatement après la sortie de leurs études, leur esprit avait été entièrement absorbé par la technicité de leur apprentissage puis par les exigences de leur vie professionnelle puis familiale. Leur seul véritable ciment ici était conjoncturel, un anglais du business – un code parlé plus qu'un langage – et des possibilités de promotion sociale et matérielle exceptionnellement rapides. Même sur un plan strictement professionnel, la connaissance intime des hommes et des usages et la formation de liens humains indispensable pour les affaires s'opposaient dans la réalité à toute implantation locale réelle. On parlait mondialisation mais on ne la vivait pas dans nos fors intérieurs.

Ramenés à la condition d'apprentis, notre enfermement nous rendait transitoirement solidaires. Infantilisés par ces calculs sans fin, tendus comme des ressorts par le manque de sommeil et l'abus de caféine, voire d'autres dépendances, absorbés par la production nocturne de documents-fleuves et privés de contact avec le monde extérieur, c'est-à-dire hors du périmètre d'action des *associés-gérants* et du *cab* qui nous déconnectait pour quelques heures de cette adrénaline, on se sentait invincibles comme ces ascétiques à qui le jeûne donne l'illusion de la toute-puissance. « *The end of the project is the end of the day* », nous répétait la garce qui avait fait de son inclination naturelle son métier de DRH.

Dès mon arrivée, on m'avait alloué une « grande sœur ». Chez Lazard, on appelait *big brother* ou *big sister* l'analyste aîné qui devait faciliter l'entrée en religion que représentait l'apprentissage intensif des fusions-acquisitions et déclarer au terme d'une période de six mois si l'analyste junior était apte à maîtriser tant les complexités techniques que l'absence de sommeil, le stress et un flot ininterrompu de travail.

J'héritais d'une psychopathe qui parvenait à se contenir en pensant à ses bonus de fin d'année. Ursula Käts, un ancien prix de beauté estonien, une tige de fer aux cheveux de lin, était parvenue à fuir les pays Baltes au milieu des années 1980 et, réfugiée aux États-Unis, puissamment réaliste, avait viré vers la banque dès qu'elle avait gagné trop de poids pour défiler en bikini mais suffisamment d'argent pour se payer des études de finances. Elle avait gardé de ses jeunes années une allure, un nez refait, des paupières méthodiquement estompées, une manucure pêche toujours inexplicablement intacte et des lèvres rosées coniques qui lui donnaient l'aspect grotesque d'un personnage de dessin animé. Elle courait le marathon, affamée, comme seules peuvent le faire certaines New-Yorkaises d'adoption soucieuses de réussite totale. Mais la seule chose qui l'intéressait vraiment était son compte en banque, la simple évocation de ce dernier la faisait sourire de toutes ses dents, agrandies par ses lèvres enflées. Elle était dotée d'une capacité de travail surhumaine et d'un perfectionnisme maniaque. Non seulement elle produisait les meilleures modélisations mathématiques de la banque, les analyses financières les plus complexes mais également les plus esthétiquement présentées. Des jardins chiffrés à la française. *Excel revisited by Le Nôtre* : une vraie chienne de travail. Et une machine de guerre contre les hommes.

« *This is screwed up.* » Elle assena un regard au vitriol à son *little brother*, un autre *junior analyst* dont elle avait la charge, à l'intelligence légitimement surprise. C'était un calme jeune homme blond d'une distinction fatale tout juste arrivé de Copenhague. Chaque matinée commençait par une volée de bois vert prononcée de sa voix métallique nordique : « *You fucked it up, how do you dare givin'g this piece of shit back to me !* » L'intensité de son maquillage la rendait aussi impressionnante qu'une déesse maléfique. Elle haïssait les hommes qui le lui rendaient bien mais restaient sur leurs gardes en raison de l'idéologie *politically correct* dominante. Comme les Vieux avaient encore le pouvoir, elle subissait leurs avanies et se défoulait sur les plus jeunes. Pourquoi ces êtres minables étaient-ils toujours sur son chemin ? Au nom de quoi serait-elle subordonnée à cette hiérarchie mâle qui dictait sa loi ? Elle n'allait pas se laisser intimider par ces vulgaires détenteurs de testostérone. Dans sa vie privée, qui se résumait à quelques heures le dimanche, elle réservait ses affects à ses chiens, des huskies sibériens, qui l'accompagnaient à Central Park où elle s'entraînait au prochain marathon et qu'elle emmenait à des concours de beauté en Floride. Nous rencontrions parfois la nuit ces seigneurs canins affalés autour de son bureau à la banque, elle nous décrivant, intarissable, leurs ridicules performances. Lors de l'une de ces veillées pendant laquelle nous travaillions à une énième valorisation d'entreprise, je marchai par mégarde sur une de ces créatures en entrant dans son bureau. Un de mes stilettos s'enfonça par malchance dans une queue qui serpentait à travers la pièce, on entendit un hululement terrible. Je vis soudainement cette tueuse à primes effondrée, transportant un de ses chiens-loups dans les bras de son tailleur maculé, courant vers les urgences vétérinaires.

Un stiletto ne choisit pas ses victimes.

24

Ce n'est pas que je coupais les ponts avec le « Vieux Continent », traité avec une condescendance impolie par mes nouveaux congénères, mais les liens se distendaient d'eux-mêmes. Des paquets variables de souvenirs, d'émotions et de nouvelles me parvenaient, flottant épars sur l'océan Atlantique. Je ne cherchais pas à les retenir.

Mon attention était entièrement distraite par ce groupuscule composé de funambules de la transaction financière, de clowns de la représentation new-yorkaise, de personnages aussi vivants, naïfs que d'autres étaient douteux, navrants, inutiles. Nous étions tous soudés à ce centre nerveux d'informations et de transactions qui crachait son énergie par une foudre routinière. Il y avait là un afflux de nouveautés, y compris de comportements, une avidité de consommer de la vie, du temps, un mépris pour tout exercice de mémoire, une exigence de technicité tels que mon vieux passé était submergé, saturé, étouffé, enseveli : seul l'avenir comptait. Mort du passé par indifférence, refoulement des émotions, argent devenu jouissance, foi dans la mécanique des chiffres contre esprit de finesse. Je damais le pion à mes fantômes existants ou futurs, mes faux et mes vrais héros, en m'arrachant brusquement à mon amas de mémoire putride. Au nombre des immigrés transitionnels qui se déversent annuellement de tous les pays dans les foires de travail de Manhattan, j'endossais mon rôle de jeune banquière avec diligence, avec rage, une méticulosité qui m'étonnait moi-même, autrefois passager clandestin de toute institution. Je me faisais l'effet d'une prisonnière dans le repentir, soucieuse obstinément de bonne conduite, tenue constamment éveillée, de fait désespérément endormie, dans un état d'alerte permanent. J'avais une nouvelle vie, codée, organisée selon des règles d'airain à laquelle je m'accrochais viscéralement et dont les bénéfices euphorisants m'affranchissaient de toute contrainte matérielle et affective. Le reste ne semblait plus être que vestiges par rapport à cet avenir envahissant. J'avais obtenu une place dans une autre fratrie. Et j'étais entrée dans un nouvel ordre, doté d'un langage et de signaux différents qui me donnaient l'illusion de se substituer à l'ancien maladif.

Une guerre sans merci opposait Ursula et John McCarmack, le responsable des ressources partagées et, signe de la phallocratie aiguë qui subsistait dans ce paradis de la performance, d'un cran hiérarchique plus élevé qu'elle. La plupart des analystes étaient multi-usages, rares étaient ceux assignés à des spécialités industrielles qui étaient préemptées d'office par certains *associés-gérants*. John était le responsable des analystes généralistes travaillant sur les différentes opérations en cours. Un imposant bellâtre brun, originaire de Boston, qui s'avançait dans tout espace avec l'assurance du joueur de base-ball envahissant le terrain de jeu d'un seul regard. Nourrie à la viande rouge, dilatée par le *cream cheese*, dopée aux cookies, sa constitution était surdimensionnée, étrangère aux proportions européennes, un défi à la diététique. Au cours des années, il avait gagné la fière allure de ceux qui dominent les salles de sport et les hauts de bilan.

L'heure hivernale tombant sur Manhattan, l'après-midi à la banque avait à peine commencé que l'équipe de nuit des secrétaires – qui ne partiraient qu'à l'aube – avait déjà pris place. Nous avions perdu la notion de césure du jour et de la nuit comme des animaux de laboratoire sur lesquels on se livre à des expériences sur le sommeil. À l'approche de la saison de Noël, riche en galas de bienfaisance pour New-Yorkais avides de *show-off*, Ursula nous avait prévenus, à la fois fière et menaçante : *a date*, c'est-à-dire un homme, l'emmènerait un soir de novembre à un dîner de charité. Le message sous-jacent était qu'en son absence, nous avions intérêt à nous conduire en professionnels autonomes, sous peine de représailles inouïes dans le cas contraire.

Un petit sourire de chatte aux lèvres, Ursula accueillit les semaines suivantes, à notre étonnement croissant, d'impromptus bouquets de roses, de tulipes flamboyantes et d'hortensias romantiques apportés avec célérité par le *doorman* émerveillé de porter d'autres colis que des pizzas. Ils étaient accompagnés d'une petite enveloppe calligraphiée à son prénom qu'elle glissait dans sa serviette de cuir d'une main languissante. Nous étions convoqués alors au milieu d'un parterre de fleurs plantées dans son bureau, une sorte de grotte habitée par des *tombstones*, de lourdes réalisations sépulcrales célébrant le succès de ses nombreux *deals*, et par des animaux en peluche blanc et rose au squelette non identifiable, vestiges de son enfance en Laponie.

Nous nous perdions en conjectures sur l'identité de cet homme dont le désir était assez violent ou assez désemparé pour conquérir celui d'une telle virago. Qui était véritablement Ursula pour parvenir à convertir, l'espace d'une soirée, la guerrière fanatique de la finance qu'elle souhaitait tant incarner en objet de désir propre à séduire un homme ? Avait-elle une botte secrète ? Celle-ci était-elle de cuir ? Se livrait-elle aux activités les plus licencieuses confortant sa nature dominatrice ou lui assurant, au contraire, un abaissement libérateur ? Cette idée suscita une certaine exaltation dans les rangs des analystes privés de toute tentation, sauf des fantasmes ordinaires d'une population oppressée.

Descendue un après-midi pour absorber un repas tardif dans la cohue de la galerie souterraine du *One Rock*, une série de tunnels marbrés abritant cireurs de chaussures, cafés-épiceries, kiosques à journaux, échoppes de fleurs et un restaurant dont la véranda donnait sur une célèbre patinoire à la surface congrue, j'aperçus par le plus grand des hasards sa silhouette légèrement courbée d'insecte, dotée de terminaisons nerveuses en forme d'escarpins. Un léger voile sur ses cheveux à la Kelly ne pouvait dissimuler son blond presque parfait. Ses lunettes fumées de mouche s'agitaient de haut en bas devant un fleuriste tétanisé. C'est en voyant le visage du fleuriste que je saisis qu'il s'agissait d'Ursula car tout le monde regardait Ursula avec ces mêmes yeux subjugués par la surprise et par la peur. Tout cela était fomenté, planifié et parfaitement exécuté dans les moindres détails. Chaque bouquet était préparé, livré accompagné d'un message de sa propre main.

Le fameux soir vint. Elle planta des aiguilles de despote dans la moquette élimée du passage bloquant l'accès à nos *desks*, hachant ses mots à une vitesse trépidante, donnant d'ultimes consignes, un brushing serré, les mèches d'un blond laqué retenues par une multitude de barrettes en métal comme la grande professionnelle de défilé qu'elle avait été rappelait son passé vaporeux, revenant après une longue absence devant un parterre d'admirateurs éblouis. On aurait dit de loin que ses paupières, tirées démesurément vers le coin externe par un effet d'optique, tenaient grâce à des pinces à linge. Un travail présentant un vaste éventail d'acquisitions potentielles en Amérique du Nord était attendu pour le matin à la première heure par un *associé-gérant* invisible, irascible et cruel en charge de la « relation » de la banque avec une grande entreprise européenne.

Ce n'était pas un travail difficile mais le diable était dans les détails. Enfin, c'est ce que pensaient toujours les financiers, déniant toute réalité d'ensemble. Les exigences d'Ursula en matière de présentation – de taille de police, celle des majuscules devant être plus grande que celle des minuscules, de centrage, des titres ombrés, des *footnotes* qui devaient être de trois polices de caractères différentes selon leur nature – étaient telles qu'il fallait deux secrétaires pour les finaliser au cours de la nuit. En plus de les superviser, nous devions convertir les analyses comptables pour ce client auquel il fallait rendre les grandeurs immédiatement perceptibles dans sa devise natale, battant une fois de plus en brèche le sceptre de l'uniformisation mondiale.

« *Don't fuck up, don't fuck up ! Double-check, triple-check, check indefinitely, all night if necessary,* grondait-elle. *This is my only night off in months. Don't screw it up !* »

Au fil des mois, et au contact de cette harpie nordique, je me murais dans une sorte de léthargie intérieure, protégée de l'extériorité par les hautes enceintes de la banque. J'étais si consciencieusement hébétée par ce suractivisme professionnel que, lors d'un *Red Eye*, la harassante liaison aérienne qui me ramenait en une courte nuit de Los Angeles, le sommeil me plongea dans une sorte de coma profond dont je n'émergeai qu'à grand-peine à l'atterrissage, secouée vigoureusement par les hôtesses saisies d'inquiétude. Ce que j'avais pris pour un rôle était devenu sournoisement ma condition. Le dimanche matin, j'étais traînée par ma colocataire chinoise, ravissante mais impérieuse, à un cours de gymnastique quasi militaire, séance suivie par une avalanche de *dim sum* qu'elle ordonnait de quelques jets de cantonais lapidaire dans un restaurant de China Town. Le message était clair : survivre pour une femme dans un tel contexte nécessitait de se transformer en dragon.

Seul le Réservoir de Central Park, autour duquel je courais parfois dès l'aube la semaine, dans un sursaut, et qui dégageait la même puanteur doucereuse de bois et de feuilles que les étangs d'Apremont, était à même d'évoquer la France par simple magie olfactive.

25

Lors d'un de mes rares passages en France, j'invitai avec des remords complexes mon frère sauvage, mais néanmoins avide d'échanges humains, à se joindre à un dîner que j'organisais et au cours duquel il parvint encore à donner le change. Il était si sensible au charme des jeunes femmes que je les voyais sursauter avec une gentillesse étonnée lorsqu'il affirmait avec un aplomb jubilatoire représenter un conglomérat militaro-industriel ou un État en mission secrète. Quelle part de lui-même croyaient-elles dans ses affabulations ? Il savait qu'il fallait donner une représentation de lui-même dans la société, composer avec elle comme s'il n'était pas complètement dupe de sa propre folie. Je le voyais habiter son rôle coûte que coûte, à l'image d'un comédien qui devait paraître jusqu'à la dernière minute avant de s'écrouler sur scène. Un sain d'esprit imaginaire.

Le temps crantait sans merci la tragédie de cette maladie : l'ostracisme puis l'exclusion du groupe humain l'attendaient. Le drame de Laurent, auquel j'assistais année après année, était l'incompréhension viscérale de son entourage pour ce qui l'affectait. Pour les uns, il était un illuminé, un vicieux, un ayatollah, un pervers, un diabolique. Pour les autres, un enfant gâté, un vaurien, un fainéant, un profiteur du système, un pauvre type. Mon père n'avait de cesse de répéter avec mépris : « Il doit reconnaître sa maladie ! », considérant que son fils était en somme un lâche, responsable de son propre mal, l'intimant d'abattre ses cartes. Il ne réalisait pas que sa volonté de puissance ne faisait que reculer d'autant la perspective d'une guérison de la maladie tout aussi himalayenne de son fils aîné.

C'était la guerre des nerfs : les uns parlaient des parents négligents, les autres du rigorisme des établissements scolaires jésuites, les derniers de leur nièce dépressive. Quelques parentes bigotes, pyromanes, alimentaient le délire mystique de Laurent et le décourageaient de voir ses médecins psychiatres, des impies offensant la parole de Dieu. Soigner par la prière…

Tout se mélangeait dans la tête des gens, qui souhaitaient absolument faire part de leur thèse avec une conviction sans faille. On avait moins en tête son mal-être que le trouble que son mal suscitait chez les autres. Pourtant, l'emprise de sa maladie se manifestait par l'incapacité croissante, tragique, de Laurent à se rendre compte de son état. Cette inconscience, tout en le protégeant d'une autre manière, le rendait hermétique à tout échange.

Son existence prit un virage lorsque Laurent eut trente ans. Malgré la fortune familiale déclinante, qui permettait pour un temps au moins ce vagabondage de luxe, il fallut décider de le placer sous un régime juridique de protection, longtemps écarté par ma mère, reconnaissant formellement son incapacité à disposer de lui-même : la curatelle. Ce régime, décidé par un juge, apparaissait comme une disgrâce mais lui rendait par le biais d'une pension modeste une dignité d'homme libre. Son sort désormais assuré par la collectivité et affranchi du bon vouloir familial, Laurent était devenu de fait le pupille de la nation.

Ma principale difficulté était de savoir quel était son degré de lucidité.

Laurent et moi nous étions retrouvés en plein été de 1995 dans l'ancienne résidence d'hiver des Parents. Pierre s'étant éteint deux années auparavant, le monde des Parents s'éloignait à une allure précipitée, s'évaporait sous nos yeux, à peine incarné par la pauvre vieille dame riche qu'était devenue May, que l'on allongeait sur un transat, pantin anorexique, un plaid plié sur les genoux en toutes circonstances.

Le jardin du château de La Celle-les-Bordes, qui mariait des perspectives françaises à un laisser-aller britannique, triomphait dans une apothéose. À proximité immédiate de la capitale, on était transporté en plein Sud par la moiteur devenue exotique des Yvelines. La pelouse à bandes soignées, élaborée sur le sable à la faveur de l'équivalent de travaux d'Hercule, ressemblait à un grand négligé jeté sur une plage dans le cadre d'un manifeste d'art contemporain.

D'imposants sorbets, servis sur des serviettes blanches, se liquéfiaient avant même d'arriver à leur destination. Alexandre et Catherine Serebriakoff, des peintres miniaturistes ayant illustré brillamment le monde des Parents, chacun assis à leur chevalet aux deux extrémités du bâtiment, se levaient pour se chamailler sourdement en russe. Ils se disputaient afin de savoir comment départager leurs responsabilités dans une des dernières aquarelles commandées par mon oncle, Gilles de Brissac, qui immortaliseraient son œuvre de créateur, comme si celui-ci pressentait que son jardin ne lui survivrait pas. Malgré le défaut de symétrie, la façade du château dessinée lors du basculement d'Henri IV à Louis XIII opposait à la fureur et à l'incohérence des époques qui l'avaient suivi l'apaisement et l'ouverture au monde de la Renaissance.

Prenant une tasse de thé, j'avais exposé à mon oncle mes projets professionnels avec l'enthousiasme ingénu des jeunes cadres financiers. Je voulais alors, comme Laurent aurait souhaité le devenir, être *associé-gérant*, ce qui suscita chez lui des commentaires hilares. Une biographie de la comtesse Greffulhe, la vie d'une parente écrite par une autre parente, venait d'être publiée. Elle alimentait mes reproches pour cette société qui ne donnait d'autre choix à une femme que d'être une femme du monde, sauf à s'en libérer, un idéal à mes yeux d'un sexisme ridicule et désuet.

« Le meilleur qu'on puisse te souhaiter et qu'une femme peut envisager de l'existence. C'est tout de même mieux que ton ambition triviale et futile ! rétorqua Gilles, caustique, tout en donnant son assiette de gâteaux à manger à son carlin assis sur une chaise.

— Mais la comtesse Greffulhe est l'incarnation de tout ce que je ne veux pas être ! Je veux être indépendante financièrement, avoir une existence libre enfin, ne pas être le simple produit d'un milieu social !

— Mais enfin, pauvre innocente, il est beaucoup plus important d'avoir servi de modèle à un personnage de la *Recherche* ! » conclut-il sur le ton de la raillerie.

Laurent, recueilli par Gilles, était rasséréné par cette hospitalité proustienne et riait de toutes les facéties de son vieil oncle. Les traits vieillis de manière accélérée sous l'effet de psychotropes pris sporadiquement et de la fatigue, il régressait doucement vers l'enfance et donnait le sentiment d'avoir renoncé à sa violence, de l'avoir même réalisée et regrettée, comme il me le confia précipitamment. Son corps s'était curieusement rabougri, le visage un peu aplati comme un fruit de verger. Il montrait à l'endroit de toute péripétie une belle humeur légère. Il s'était remis à faire de la course à pied, à étudier des langues mortes et à se consacrer à la résolution de grands problèmes théologiques, ce qui donna immédiatement à mon père l'espoir de le voir entrer à tout jamais au séminaire pour ne plus en sortir. Son nomadisme intercontinental le menait des côtes brésiliennes à la bibliothèque de l'université d'Aix-la-Chapelle, en passant par une succession de communautés protestantes et jésuites à travers le monde. Quelques havres de sédentarisation familiale l'accueillaient, lui permettant de passer outre aux réactions moins amènes à son égard dans la vie en société. Au fil du temps, il apparaissait comme un grand enfant devenu adulte par mégarde, qui aurait décidé de prendre la vie du bon côté. À tel point que l'on finissait par se demander avec un brin d'agacement en vertu de quoi il pouvait bénéficier d'une telle existence, à l'instar des grands aristocrates explorant les continents au XVIIIe siècle pour découvrir les nouveaux mondes. Tout laissait supposer un reflux salutaire et faisait souffler l'espoir délicieux d'une rémission.

Cependant, en entrant dans sa chambre un après-midi pour chercher du papier à lettres, je tombai sur une lettre laissée négligemment sur le bureau, dont la vision furtive de la première page me pétrifia et me fit comprendre en un instant qu'il n'en était rien. Au moment même où je me berçais d'illusions, je déchiffrais, ligne après ligne vertigineuse, les abîmes étincelants au bord desquels il marchait, sa lettre convoquant les grandes visions telluriques du Moyen Âge sur l'Antéchrist et la destruction finale du monde, le déchaînement des roulis de peinture de Van Gogh et les appels à l'aide terrifiants qu'il communiquait à la destinataire de cette lettre, la femme qu'il aimait et qui le fuyait depuis toujours. Je tenais debout sans bouger dans la pièce à peine éclairée – les volets avaient été refermés pour la rafraîchir –, effarée par cette révélation pourtant connue mais jamais complètement acceptée, hypnotisée à distance par son écriture méthodique et malhabile, et je sentis perler dans mon dos quelques gouttes de sueur. Aucune personne, malade ou pas, soudainement assaillie par de telles pensées, pour quelque raison que ce soit, méritées ou imméritées, n'était en mesure de survivre.

26

Un beau jour, Laurent disparut. Il avait abandonné la voiture qui lui restait sur une route. Aucun indice, aucune trace de lui. Pendant plus de deux mois, décrit le rapport de police, il a fui dans les campagnes, armé de couteaux de cuisine, dormant à la belle étoile dans les champs et dans les communautés religieuses qui acceptaient de l'accueillir et dont il espérait ne pas être trahi. Il s'était équipé d'une tente et de matériel de survie dans des grandes surfaces spécialisées, qu'il n'achetait qu'avec des espèces, persuadé d'être traqué par ses ennemis. La forêt lui offrait ses ombres, ses caches, sa protection comme elle le faisait par le passé, l'été à Apremont. Il s'était imprégné d'une littérature expliquant les techniques de survie utilisées par les militaires. Un avis de recherche ayant été lancé par ma mère, il finit par être identifié par une patrouille de police effectuant le contrôle de ses papiers d'identité dans un bureau de poste à Montpellier.

Mon frère, ce vagabond barbu, sale et affamé, avait marché plus d'un millier de kilomètres, ayant également fait vœu de pauvreté.

Lorsque j'ai rendu visite à Laurent alors qu'il était hospitalisé dans la section sécurisée d'un hôpital en région parisienne, sa déchéance m'a prise à la gorge. Sa beauté en souffrance. Son air offensé. L'enfant sublimé, qui devait répondre par miroir aux canons parentaux. Maintenant déchu. Réduit à sa condition d'ombre humaine logée dans une petite chambre et que je regardais avec consternation. Il faisait des allers-retours entre un placard, où il avait entreposé des livres et des provisions envoyées par la famille, et son lit. Privé de cette existence brillante, ou simplement de sa liberté d'aller et venir, il lui fallait simplement sauver sa peau d'être humain en dehors des lubies parentales et du vaste théâtre familial et social. Il avait voulu aller si haut, comme son père, et c'était ce même sentiment de déroute qui accompagnait sa déchéance. Une perspective imaginée dès nos premières années, prélude à mes interrogations.

Le docteur L., qui le soignait, m'expliqua néanmoins que la période correspondant à sa disparition, son épopée à travers les champs, était des plus euphorisantes.

Ses mains jadis habiles et bronzées, parfaitement harmonieuses, étaient de beaux outils rendus hagards. Des mains devenues incapables, comme celles de mon père. On lui faisait des piqûres retard, c'est-à-dire les seules autorisées par la loi sans le consentement du patient. Un des infirmiers, un grand type sympathique et nullement ému par cette situation, regrettait simplement qu'il ait refusé de participer à tel ou tel atelier de bricolage.

Un matin, le docteur L. nous réunit, Laurent et moi, dans une sorte de séance qui ne dit pas son nom. Accompagnée de collaboratrices assises autour d'une table, elle me fait face ainsi qu'à Laurent dont les mains se mettent à trembler sans répit. Je cherche à le rassurer mais il est absent, il apparaît extraordinairement vulnérable, les yeux perdus dans le vague. Elle lui demande s'il sait pourquoi il est là. Oui, il le sait, bien entendu, c'est le résultat d'un complot contre lui auquel participe l'ex-URSS qui cherche à obtenir des technologies françaises, complot qu'il a déjoué plusieurs fois, et au cœur duquel il joue un rôle central. Il parle ainsi très vite près de cinq minutes dans la même veine abracadabrante et à la fin, relève la tête et clame, le regard douloureux :

« Mais vous croyez vraiment que je mens ! »

Pourtant, en quelques mois, le docteur L. parvint à établir une communication et créer un lien de confiance avec Laurent, le convainquant même pour la première fois de prendre une médication par voie orale, lui donnant un accès inespéré à des molécules chimiques plus performantes.

Dans le même temps, l'amélioration très nette de son équilibre mental s'accompagnait d'une prise de conscience indispensable mais très délicate. Lorsque nous nous parlions, il voyait progressivement sa vie telle qu'elle était. Sa vie était un champ de ruines, constatait-il horrifié, par contraste avec les très hautes destinées auxquelles il avait cru depuis si longtemps. Il fallait accompagner le retour aux réalités, un *anti-climax* périlleux et souvent fatal, avec beaucoup de prudence et de précautions. La guérison, c'était descendre la montagne le long d'un précipice abyssal.

27

1999. Un message téléphonique m'attend à la sortie d'un cours de danse classique, discipline que j'ai reprise à Londres où je travaille pour une autre institution financière. Je marche dans la rue, légère, pleine du ravissement d'avoir retrouvé pour quelques heures l'univers de la chorégraphie, inaltérable, que l'on soit à Moscou, à Manhattan, à Londres ou à Paris, quelques pas illustres, le français invariablement conjugué au pluriel de l'impératif et l'arrondi de mes bras. C'est mon évasion de l'univers de chiffres intensément incorporel de la finance. Le sentiment de retrouver la mémoire de beaux gestes. Le message de ma mère dit de la rappeler et que c'est très sérieux. C'est très sérieux, pas triste, pas bouleversant, pas horrible, juste sérieux. Éminemment sérieux, au cas où l'idée me viendrait de faire l'imbécile.

Au téléphone, la gardienne portugaise du château de La Celle-les-Bordes me raconte avec animation et un luxe de précisions désordonnées que Laurent est tombé, foudroyé, au bas de l'escalier. Il me faut lui faire répéter à plusieurs reprises son récit tant il est difficile de comprendre s'il est tombé dans l'escalier à cause des marches légendairement glissantes qu'elle cire à longueur de journée et qui font sa fierté, ce dont elle se sent à présent mortellement coupable, s'il s'agit de mon frère ou du sien, s'il est blessé ou s'il est mort. *« Morto ! Morto ! »* finit-elle par crier dans le combiné avec le ton de l'héroïne au dernier acte d'une tragédie. C'était fini. Les secours étaient arrivés trop tard pour le réanimer.

Les circonstances de ma discussion avec le docteur L. ne m'ont laissé aucune empreinte.

Je ne me souviens plus si nous nous sommes parlé au téléphone, si j'étais dans son bureau ou ailleurs, peut-être un restaurant ou un bar. M'avait-elle appelée ou avais-je tenté moi-même de l'appeler ? Peut-être l'avais-je même invitée à prendre un café ? Je ne me rappelle pas ses yeux, la couleur de ses yeux, ni ses mains ou la manière dont elle était habillée, en blouse ou en costume de ville, la médiatrice de mon frère, peut-être la seule à avoir su gagner sa confiance et envisagé pour lui une issue possible.

Je ne me rappelle que son injonction :

« Il ne faut pas que vous restiez dans le monde des morts », m'a-t-elle dit.

Peu après, je suis rentrée dans ma nouvelle vie où m'attendait mon fiancé anglais à l'ironie distanciée sur toutes choses. Dans la cuisine, des pommes vertes étaient disposées dans une corbeille, vertes et vives avec insolence, ayant conservé le même éclat que lors de mon départ précipité. Leur vivacité, leur fraîcheur inconvenante me sont apparues insupportables. Je les transperçai rageusement à coups de fourchette sans me rendre compte que j'étais, tout simplement, en train de meurtrir mes mains.

28

Dix ans plus tard, un mort qui n'existe toujours pas. La mort d'un fou, ce n'est pas une vraie mort car elle n'est pas intervenue en connaissance de cause. Personne ne la comprend et donc on n'en parle plus. Qui peut ou souhaite commémorer une telle disparition, une telle destinée, hormis le long silence méditatif des arbres qui entoure sa tombe ? Pas de mémoire possible, faut-il croire.

Ma propre mémoire a longtemps été en proie à un morcellement inquiétant, une impression de dislocation qui me faisait l'effet de me trouver au milieu d'une banquise dont rassembler les éléments premiers me demandait un effort abscons de rééducation et d'opiniâtreté.

En me sauvant par tous les moyens possibles, y compris en partant à New York, en coupant court à tout échange avec Laurent et en m'immergeant artificiellement dans une autre fratrie, j'avais sectionné un des derniers liens ténus qui reliaient mon frère à la réalité. J'avais été incapable d'assumer le mandat de protection qui m'avait été initialement assigné. Je l'avais abandonné.

Une nuit, je fis le rêve cauchemardesque qu'un reptile, doté de bras énormes suffocants et humides qui coulissaient soudainement sans autre forme de procès, allait m'étouffer.

Au cours d'une conversation, mon père me glisse négligemment que Laurent est beaucoup mieux disparu. Il ne viendra jamais se recueillir sur la tombe de son fils dans ce petit cimetière d'Île-de-France où les enfants de son premier lit jouaient un quart de siècle auparavant. J'imagine, au contraire, mon frère vivant, marchant sereinement sur la route le longeant, l'âge et les traitements ayant atténué, peut-être même enseveli sa maladie, arrondi les angles de sa paranoïa. Un peu ce que John Nash, le célèbre mathématicien schizophrène, avait connu, toutes proportions gardées. Je me retiens de dire sèchement à mon père qu'on a le devoir de croire à la guérison lorsqu'on a eu la chance d'avoir à peu près sa tête. J'y renonce de guerre lasse.

« La nature a des petits ratés », s'empresse de m'expliquer une parente, pour mieux se convaincre qu'il ne s'agit que d'un problème physiologique. Personne ne répondit à la demande de Laurent de consulter un cardiologue alors qu'il se plaignait de troubles deux semaines avant son infarctus massif.

Deux impératifs m'imposent pourtant de me rendre sur la tombe de mon frère. En premier lieu, marquer formellement la décennie passée. La seule échéance depuis sa mort abrupte, c'est ma propre mortalité, ce qui naïvement ne justifie pas à mes yeux un grand empressement. J'entretiens de surcroît, pratiquement chaque jour, le souvenir de ce fou disparu, m'interrogeant machinalement sur la signification de son parcours stupéfiant, ce qui donne un tour symbolique à cette visite. Je suis donc presque gênée de projeter le dépôt, à la manière convenue d'un représentant institutionnel, d'une couronne florale sur le couvercle de son existence.

Le deuxième est une requête personnelle dont je fais l'objet par le nouvel habitant du château d'hiver, vendu faute de moyens pour l'entretenir après la disparition de May, morte quelques mois après Laurent. Mon expérience américaine ne m'a pas rendue suffisamment riche pour le racheter et l'entretenir.

En début d'année, un appel impromptu de l'acquéreur m'exhorte à venir entendre un témoignage sur Laurent. Il ne peut en aucun cas le communiquer par téléphone. Pouvant tout imaginer de mon frère dans ses dernières années de désolation, je laisse d'abord cette requête de côté, envahie par une subtile inquiétude à la perspective d'un testament qu'il aurait laissé ou d'un acte grave qu'il aurait commis. Mais, au printemps, la curiosité finit tout de même par l'emporter sur la crainte d'une révélation.

À la fin du mois d'avril 2009, je décide de me rendre au village de La Celle-les-Bordes. Je récupère chez le fleuriste une couronne monumentale, pompeusement enrubannée de rose, qui envahit la totalité du coffre de ma voiture et accentue l'aspect quelque peu dérisoire de cette célébration solitaire.

C'est un petit village discret et qui tient à le rester. On découvre au détour de la départementale D4 la façade du château avec ses hautes fenêtres parsemées de carreaux verdâtres, apparition qui me remplit d'émotion et de contrariété. Je reverrai tout le long de mon existence ce visage qui ne sera jamais entamé par le passage du temps. Tout est dominé par le jardin du château étalé sur plusieurs niveaux, sa hauteur et sa profondeur n'étant visibles qu'à distance, avant même l'entrée de la commune, et qui submerge les toits des maisons. Seule l'église lui oppose un bâtiment de grande amplitude, de l'autre côté de la route.

Je décharge ma couronne avec un manque d'enthousiasme flagrant, on est toujours réduit à faire de la manutention dans un cimetière et à constater l'acte de présence des nouveaux arrivants et la détérioration des anciens – caveaux de famille ou tombes de combattants de vingt ans tombés au champ d'honneur pendant les derniers conflits mondiaux –, considérations pratiques qui obèrent chez moi toute faculté d'émotion immédiate. Un cimetière n'est pas un endroit propice au recueillement.

Quittant le cimetière et traversant le village, je ne peux échapper à la contemplation du grand portail blanc du château dont le gigantisme et le dessin des clous qui composent l'intérieur de ses cadres constituent une attraction pour les rallyes de voitures qui sillonnent parfois la région. Prise de sentiments mêlés, de crainte, de deuil et d'irritation d'avoir à converser avec celui qui a pris possession de ce lieu essentiel, je me résous à frapper à la petite porte sur le côté. Sonne intempestivement sans succès et, devant l'absence de réponse, me dirige, libérée de toute obligation, vers le bas-côté de la route. J'entends alors les pans de l'inamovible portail s'ouvrir très lentement derrière mon dos.

Un homme d'une cinquantaine d'années, vêtu d'une veste de gentleman-farmer, apparaît, surpris de ma présence.

Dans la cour dans laquelle il m'invite à entrer, je passe d'abord devant l'exact endroit où Laurent a exhalé son dernier souffle, sans savoir si le nouveau propriétaire en est conscient. Il me propose, grand seigneur, d'effectuer un tour de la propriété et de découvrir des travaux considérables de sécurisation des murs d'enceinte. Les murs ont été nettoyés de leur lierre, les arbres à proximité élagués, et sont éclairés la nuit en prévision d'une effraction. Devant le château, les futaies du jardin sur lesquelles on a cessé de veiller avec l'œil du créateur ont perdu leurs perspectives. Ou plutôt, celles-ci sont devenues fuyantes, elles louchent même. On dirait un visage auquel d'infimes ajustements de proportion ont fait perdre son harmonie. Tout repose à présent sur une pelouse, grande comme celle d'un stade, qui a pris l'aspect d'une paillasse usée jusqu'à la corde. J'y fais quelques pas, pensant de manière fulgurante aux parties de football que Laurent, enfant plein de vitalité et de promesses, menait avec ses compagnons d'école.

À l'intérieur, nous nous asseyons face à face dans l'immense salon où il m'invite à prendre un thé. Les volets des hautes fenêtres sont maintenus fermés pour des raisons de sécurité. Les fenêtres sont si inhabituellement proportionnées qu'il faut un escabeau pour déplier les battants. Le propriétaire me propose d'aller en chercher un afin d'en ouvrir une. Mais non, vraiment, ce n'est pas nécessaire, traitons notre question avec diligence, lui dis-je le plus aimablement avec un sourire, légèrement amusée par cette perspective incongrue. La lumière des abat-jour agrandit sur les murs les ombres projetées des milliers de bois et de pieds de cerf qui ont chacun été déposés, nettoyés et remontés, précise-t-il, comme s'il lui fallait me rendre des comptes. Avec un regard adulte, je comprends maintenant pourquoi on ne parvenait jamais à louer ce château pour des réceptions de mariage, les organisateurs fuyant un tel décor. Je note que les têtes de chien ont disparu. Elles pourrissent dans le grenier du château, me dit leur nouveau propriétaire, embarrassé de cette omission.

Celui-ci me regarde fixement, le visage blême, cerné, inquiet, les lèvres pincées et m'évoque longuement l'histoire de ma famille dans ce lieu avec une intimité de langage dérangeante. Il rapporte la difficulté qu'il a éprouvée à se sentir chez lui depuis l'acquisition de cette propriété. Il s'est enfermé dans ce château, gardé par des chiens, pour y écrire des ouvrages historiques. Je crois remarquer dans la bibliothèque la présence d'ouvrages de Faurisson et autres historiens négationnistes.

« J'espère que vous ne me prendrez pas pour un fou ? » débute-t-il, nerveux, en venant enfin au fait.

Je respire profondément et pense à l'audace de Numéro 1, filmant et interwievant des nazis chez eux à leur barbe. Dans le scénario du pire, connaissant parfaitement la géographie du lieu, je me sens capable de décrocher un dix-cors pour me défendre, courir et escalader le petit portail adossé à la petite maison du jardinier.

« Mais pas le moins du monde. Qu'est-ce qui pourrait me donner une telle idée ?

— C'est qu'il s'agit d'une histoire incroyable, invraisemblable même.

— Je vous en prie, rien ne m'étonnera s'agissant de cet endroit si singulier, si atypique et de la vie de mon frère infortuné. Je vous suis très reconnaissante de me la raconter », dis-je, retenant ma respiration.

Je sens mon angoisse monter. J'essaie de penser au pire que Laurent ait pu faire au cours des derniers mois passés dans cette demeure, une chose que personne ne sait, dont nul ne m'aurait parlé pendant toutes ces années ! Un acte avec des conséquences fatales, dont j'aurais à assumer la responsabilité toute ma vie ! Faudra-t-il que je prenne un avocat ? Ou alors, est-ce un prétexte pour cet homme, peut-être un grand sadique, pour m'attirer dans la cave du château ?

L'homme reprend son souffle et poursuit, la voix blanche :

« Depuis une année environ, on entend la nuit des pas dans la partie du château que votre frère a habitée. Mes invités, des membres du personnel, des gens qui effectuaient des travaux dans le château et qui sont restés dormir s'en sont plaints à de nombreuses reprises, dit-il comme si j'étais l'hôtelier ou un bureau de réclamations.

— Vous-même, n'avez-vous rien entendu ? dis-je instantanément, me redressant, absolument soulagée par cette révélation, euphorisée même à cette idée de revenant, un peu comme si on m'avait fait une piqûre de décontractants massifs et que des dérivés morphiniques coulaient à présent à grande vitesse dans mes veines.

— Non, jamais, absolument jamais, je ne dors pas dans cette partie du château. Je vous le répète, ce sont des témoignages que l'on m'a rapportés… dit-il se redressant brusquement, les yeux perçants. Mais, après avoir lu les Mémoires de votre mère, j'ai compris qu'il s'agissait de votre frère ! Il est enterré dans le cimetière du village, n'est-ce pas ? ajoute-t-il, soudain, avec terreur.

— Êtes-vous certain qu'il s'agit de ses pas à lui ? dis-je, laissant échapper un rire du plus mauvais effet. Vous savez, ce château a plus de 350 ans, beaucoup de gens ont marché dans ce château. Il pourrait s'agir de quelqu'un d'autre, par exemple du général Boulanger revenant voir la duchesse d'Uzès ! »

Sans relever cette tentative puérile de briser la glace, il insiste avec accablement : « Non, non, il s'agit de votre frère. » Il n'en démord pas, il est certain qu'il s'agit de Laurent revenant dans sa chambre. Je ne sais que lui dire. Faut-il faire venir un exorciste ? Qu'attend-il de moi au juste ? Je pense à mon frère, ce héros au sourire si doux, ce blessé de l'esprit livrant cette dernière bataille malgré lui. Je me tourne vers les volets et devine, à travers les interstices, le soleil qui se prolonge et enveloppe avec douceur la pelouse à quelques mètres. Je crois entendre les rires d'enfants, nos rocks adolescents sur la musique d'Aretha Franklin et revivre d'un coup le monde des Parents qui a, comme prévu, sombré. Je me remémore le front quadrillé de Pierre fumant dans ce fauteuil, qui, à ce récit, aurait instantanément disserté sur les mouvements ésotériques et lancé une charade sur les fantômes. Me reviennent aussi les premiers signes de démesure de mon frère, les signes avant-coureurs de sa folie. J'atermoie et balance entre l'envie irrésistible de me moquer des peurs du propriétaire, en insistant sur l'attachement viscéral que Laurent avait pour ce lieu, y revenant sans cesse entre ses séjours hospitaliers et ses voyages, et la compassion pour la vulnérabilité humaine que je dois être la première à ressentir…

« Écoutez, monsieur, je prends bonne note de ce phénomène que j'ai écouté avec la plus grande attention, et comprends votre désarroi, dis-je en me levant. Hélas, je dois maintenant rentrer à Paris. Je vous remercie infiniment pour votre accueil, la visite et pour cette conversation passionnante. »

Le grand portail ouvre ses portes sur l'église, le monument aux morts et la sérénité villageoise. Au moment même de rejoindre la route, le propriétaire me glisse :

« Jamais votre mère n'aurait dû raconter dans ses Mémoires ce qu'ont fait ses parents pendant la guerre, c'est indigne, elle qui leur doit tout. Vous savez, beaucoup de gens ont été emprisonnés à la Libération. Et ils ont tous été libérés. »

Je suis partie sans me retourner.

POSTFACE

J'ai longtemps vécu avec une énigme. Un jour s'est présenté – maturité, force, indépendance, détermination, cycle intérieur, mais aussi conditions possibles de concentration, de calme, donc de décision – et j'ai décidé de tenter l'impossible. Enfin, mon impossible. Résoudre cette énigme par mes moyens : des mots, ma mémoire des lieux, des sensations, des musiques et des archives.

Cette énigme, c'est la vie de ce garçon doué de toutes les possibilités ; héritier d'une légende nationale et familiale, celle de la conquête mythique du sommet de l'Annapurna en 1950, et des codes d'un univers spécieux, celui d'une grande famille de l'aristocratie française ; garçon éduqué dans les meilleures écoles et dans le culte de l'exploit sportif ; jeune homme saisi d'un rêve d'excellence chimérique et inatteignable ; étudiant devenu nomade de luxe voyageant à travers le monde ; enfin, vagabond sale et barbu, traqué puis retrouvé par la police après des mois de fuite. Puis sa fin. Sa chute prévisible.

Ce garçon était mon frère.

Que faites-vous lorsque survient quelque chose de très grave que personne ne comprend ? Une sorte d'explosion suivie d'un long, interminable silence ? Vous attendez que la poussière retombe, on n'arrive pas instantanément à discerner les dégâts. Vous tournez le dos en espérant que cela ne vous atteindra pas, vous vous noyez dans le travail, vous vous exilez, vous tentez de faire contre mauvaise fortune bon cœur, vous devenez hermétique à toute intrusion du passé. Jusqu'au jour, jusqu'à ce point d'inflexion où vous vous devez – et le devez au véritable héros de cette histoire – de comprendre. Vous faites alors volte-face.

Je fus tentée d'occulter ce désastre, de mettre la tête dans le sable. Je voulais ne pas l'affronter pour ce qu'il avait de monstrueux et d'autant plus monstrueux que l'univers apparent dans lequel mon frère et moi avions grandi était beau, glorieux et privilégié. Mais se reconstruit-on jamais sur du sable ? J'entrepris de créer de l'intelligibilité à partir de la destruction de sens que représenta pour moi la destinée de mon frère. Malgré le temps qui s'était écoulé, la mémoire qui s'efface, les témoins qui disparaissent, les interrogations sur le bien-fondé de ma démarche, ma propre légitimité, le corollaire de difficultés qui est le lot de tout devoir de mémoire…

Je voulais décrire ce que notre histoire avait eu d'exemplaire, indépendamment de toute caractérisation sociale ou de l'époque pendant laquelle elle s'était produite. Bien sûr, il n'était pas possible de restituer l'histoire de notre fratrie blessée sans évoquer notre enfance ballottée entre le monde d'hier et le monde d'aujourd'hui, trait caractéristique des tourments français, de la Collaboration française à Le Pen.

Au diable les duchesses et les alpinistes… Ce roman n'est pas une description complaisante de l'aristocratie française. Il n'est pas un règlement critique de l'ascension de l'Annapurna. Il n'est pas non plus le conte d'une enfance. Il n'est question, dans ce roman, que d'éclairer les ressorts obscurs qui soustendent le cours tragique de certaines vies humaines.

Félicité HERZOG
Paris, 29 mai 2013

PAPIER À BASE DE FIBRES CERTIFIÉES

Le Livre de Poche s'engage pour l'environnement en réduisant l'empreinte carbone de ses livres. Celle de cet exemplaire est de :
450 g éq. CO_2
Rendez-vous sur www.livredepoche-durable.fr

Composition réalisée par FACOMPO (Lisieux)

Achevé d'imprimer en juillet 2022 en France par
La Nouvelle Imprimerie Laballery
58500 Claùmecy (Nièvre)
N° d'impression : 207047
Dépôt légal 1re publication : juillet 2013
Édition 03 – août 2022

LIBRAIRIE GÉNÉRALE FRANÇAISE
21, rue du Montparnasse – 75283 Paris Cedex 06

31/7480/2